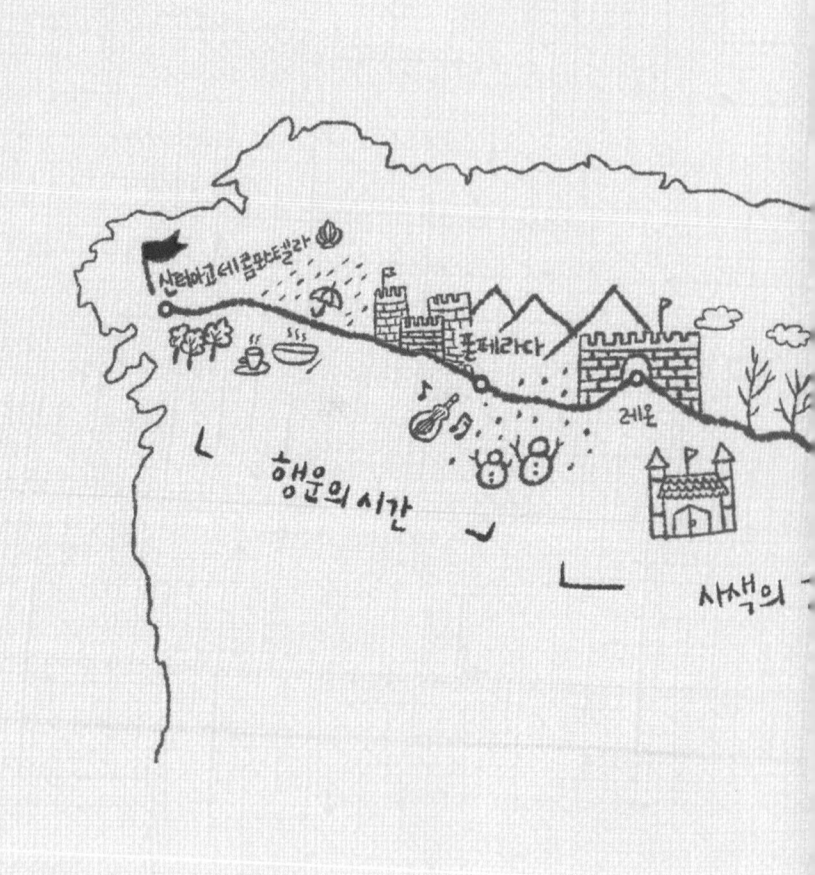

배움의 시간을 걷는다

초판 1쇄 발행 | 2023년 3월 20일

지은이 박진은
발행인 한명선

주소 서울시 종로구 평창길 329(우편번호 03003)
문의전화 02-394-1037(편집) 02-394-1047(마케팅)
팩스 02-394-1029
전자우편 saeum98@hanmail.net
블로그 blog.naver.com/saeumpub
페이스북 facebook.com/saeumbooks
인스타그램 instagram.com/saeumbooks

발행처 (주)새움출판사
출판등록 1998년 8월 28일(제10-1633호)

• 잘못된 책은 바꾸어 드립니다.
• 책값은 뒤표지에 있습니다.

배움의 시간을 걷는다

-나만의 카미노, 800km 산티아고 순례길-

박진은 지음

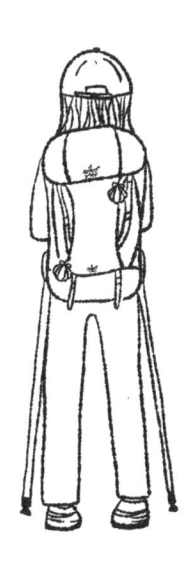

차례

PROLOGUE   11

도전의 길

파리행 비행기   16

파리 입성   20

파리에서의 첫날밤   23

꼬마가 된 기분   25

생장피에드포르로 향하는 길   28

순례자 사무실   34

생장피에드포르에서의 하루   37

혹독한 신고식   44

길 위의 따뜻한 동료들   51

관계는 늘 어려운 숙제   55

팜플로나에서 갑자기 눈물이 났다   **58**

혼자가 되기 위해 길을 나섰지만   **67**

내면의 스위치 조절하기   **72**

노년의 여행자가 들려준 삶의 지혜   **75**

느린 당신과 함께 걷기로 한 이유   **78**

밤과 와인   **82**

각자의 길을 걷는다   **84**

깊은 밤의 신나는 파티   **88**

기쁨과 슬픔이 공존하는 마음   **92**

사색의 길

혼자가 두렵지 않게 되었다   **98**

독일에서 온 모녀와의 만남   **102**

길 위에서 배운 세 가지 깨달음   **107**

어떤 자유의 느낌   **111**

퉁퉁 부은 발도 잊혀질 만큼   **116**

부르고스 관광의 날   **119**

나를 구원해줄 사람   **124**

바람과 사투를 벌이는 이유   **128**

매일 삶의 태도를 배우는 곳   **131**

치유의 길 카미노   **135**

두 가지 길에 대한 고민   **142**

맛없는 보카디요는 유죄   **147**

시간 여행을 위한 도시, 레온   **151**

행운의 시간

아스트로가에서의 시간　　　　　　　　158

벽난로, 통기타 그리고 베드버그　　　162

폭설에도 계속되는 여정　　　　　　　167

여행 중 거듭되는 선택에 대하여　　　170

길 위에서 만나는 찬란한 봄　　　　　176

어쩐지 나는 행운아 같아　　　　　　180

고도 1,300미터의 산을 넘어　　　　　185

꽁꽁 언 몸과 마음에는 따뜻한 스프를　189

소음, 날씨, 관계의 삼중고　　　　　　193

순례 여행도 '장비빨'?　　　　　　　199

함께 고난을 겪어내는 노하우　　　　202

계획 대로 되는 일은 없지만　　　　　208

산티아고가 바로 코앞에 있는데!　　211

안녕 나의 친구들! 모두 '부엔 카미노'　215

EPILOGUE　　　　　　　　　　　219

혼자 길을 걷다가
다른 여행자나 마을 주민을 만날 때면
'올라!' 하고 인사를 건넸다.
그러면 상대는 활짝 웃으며
'부엔 까미노!' 하고 인사하곤 했다.
까미노에선 처음 만나는 이들과도
쉽게 인사를 나누고 친구가 되었다.

"뭐가 문제니, 진은아?"

　퇴사 전 대표님과의 마지막 면담을 남겨두고, 나는 뭐라 말해야 할지 명확하게 떠올릴 수 없었다. 면담 전 점심시간, 카페에 앉아 퇴사 이유를 다이어리에 써내려갔다. 철없는 선택이 아닌, 진정성 있는 말이 무엇인지를 고민했다. 그렇게 구구절절한 퇴사 이유를 몇 문장으로 정리했다. 그런데 막상 대표님의 '뭐가 문제니?'라는 물음에 내 입에서는 정리해둔 문장이 아닌 다른 말이 튀어나왔다.

"제가 문제예요, 회사가 아니라 제가요."

　그즈음 나는 내가 담당한 클라이언트의 신제품 출시 행사를 성공적으로 끝내고, 대표님이 직접 참여하는 D 브랜드 담당 팀에도 배속된 상태였다. 입사 초반 손발을 맞추느라 고생했지만, 그 이후에는 좋은 팀을 만나 회사 생활에도 안착한 상황이었다. 그러니 퇴사하겠다는 나의 선언에 '뭐가 문제냐?'는 대표님의 물음은 합당했던 것 같다.

　문제는 나였다. 하나의 큰 프로젝트를 무사히 마치고 모두에게 칭찬을 받았던 날, 집으로 돌아오는 지하철에서 울컥 설움이 올라와 울음을 토해냈다. 뿌듯하고 기뻐야 하는 날, 왜 눈물이 나는지 나 자신도 이유를 몰랐다. 그날 이후 '이 일을 계속해도 될까?'라는, 마음속에 꼭꼭 감춰두었던 물음이 본격적으로 고개를 들었다.

　사회생활을 시작하며 '열정적으로 좋아하는 일'을 찾지 못했던 나는, 현실과 타협하며 '내가 가진 역량으로 잘 해낼 수 있는 일'을 선택했다. 어떤 일이든 일단 주어지면 책임감 있게 일을 해나갔지만, 한편으로는 '이 일이 진짜 내가 하고 싶은 일인가?', '돈을 버는 것 외에 이 일이 내게 어떤 의미가 있을까?'라는 질문이 불쑥불쑥 찾아왔다.

　그날 나는 대표님께 이렇게 대답했다.

　"대표님, 저 정말 일을 잘하고 싶어요. 그런데 제가 자꾸 두리번거려요. 다시 이 길로 돌아온다고 해도, 적어도 제가 진짜 원하는 것이 무엇인지 찾는 시도를 한 번은 해봐야겠어요." 하고 말이다. 지금 나를 위해 한 템포 쉬며 내가 진짜 원하는 것을 찾아보지 않는다면, 평생 겁내고 시도하지 못한 내 모습이 삶에 주홍글씨처럼 새겨질 것 같다고도 말했다.

짧은 침묵 뒤에 대표님이 고개를 끄덕였고, 앞으로의 커리어에 대한 조언을 덧붙여주었다. 그렇게 대표님과의 마지막 면담을 끝으로 나는 회사를 떠났다.

퇴사 후, '어떤 삶을 살고, 어떤 일을 하기를 원하는가?'에 대한 답을 찾을 수 있을지 고민하다가, 혼자 하는 여행을 떠나기로 결심했다. 낯선 곳에서 나를 바라보며 오랫동안 해보고 싶었던 일을 하다 보면 '내가 뭘 원하는지' 알 수 있을 것만 같았다. 생각 정리가 필요했고 나를 시험해보고 싶었던 나는 '수행의 길'이라는 산티아고 순례길로 떠나기로 했다.

지금부터 '나만의 산티아고 순례기'를 펼쳐보이려 한다. 한국으로 돌아온 뒤 사람들에게 받았던 질문, '그래서 너는 순례 후 무엇이 달라졌냐?'에 대한 대답을 이 글로 갈음할 수 있을 것이라 믿는다. 약 800킬로미터를 걷는 동안 일어난 길 위의 에피소드들, 그리고 여행이 끝난 후에도 여전히 내 삶에 영향을 미치고 있는 깨우침들이 당신에게도 가닿아 좋은 울림을 줄 수 있기를 바란다.

그 모든 고뇌의 순간들은 결국
나도 몰랐던 나 자신을 알아가는 시간이었다.

도 전 의 길

1

파리행 비행기

SEOUL ·············✈·············PARIS

이른 아침 파리행 비행기에 올랐다. 내 옆자리는 비어 있었고, 그 옆 통로석에는 한국인으로 보이는 여자가 앉아 있었다. 나는 비행기가 활주로를 천천히 주행하는 동안 멍하니 창밖을 응시했다. 퇴사 후 혼자 떠나는 여행인데, 설레지 않아 이상했다.

본격적인 이륙 후엔 전자책을 켰다. 카트린 지타의 〈내가 혼자 여행하는 이유〉라는 책으로, 여행 중 읽을 책을 고르던 중 제목에 이끌려 선택한 것이었다. 책을 읽어 내려가며 마음에 드는 문구에 밑줄을 그었다.

여행은 당신에게 적어도 세 가지의 유익함을 줄 것이다.

첫째는 세상에 대한 지식이고,

둘째는 집에 대한 애정이고,

셋째는 자신에 대한 발견이다.   _브하그완 S. 라즈니쉬

'그래. 나는 이 여행에서 나를 발견하고, 새로운 많은 것들을 경험하겠지.' 책 속에서 내 마음을 선명하게 확인해준 문구를 만나자 반가웠다. 그제야 여행에 대한 설렘이 조금씩 깨어나는 것을 느낄 수 있었다.

책을 읽다가 집중력이 떨어질 때면 창밖을 구경했다. 황량하지만 단단해 보이는 흙빛의 산맥이 끝도 없이 이어졌다. 곧이어 얼음으로 뒤덮여 눈이 시리게 하얀, 거대한 러시아 땅이 축소된 모형처럼 나타났다. 바위와 산맥, 꽁꽁 얼어붙은 대지의 메마른 풍경이 계속되는 가운데, 나는 책을 읽거나 음악을 듣거나 창밖을 내다보며 지루한 비행시간을 채워갔다.

그런 시간이 얼마나 지났을까? 통로석에 앉아 있던 사람이 불쑥 말을 걸어왔다. 비행기 이륙 직후부터 안대를 끼고 목베개를 두른 채 자세를 조금씩 바꿔가며 잠을 청하던 여자였다. 그녀는 오랜 시간 동안 끝내 잠들지 못한 것 같았고, 대신 나와 수다를 떨기로 마음먹은 듯 보였다.

"혼자 여행하시나 봐요."

낯선 사람과의 대화를 거부하지 않는 성격이라 나는 자연스럽게 그녀의 질문에 답하며 대화의 물꼬를 텄다. 흰 피부, 가냘픈 몸매에 새초롬한 표정을 짓는 그녀가 예민한 사람일 것 같다는 예상과는 달리 친밀감이 넘치는 사람이었다. 그녀는 조용하지만

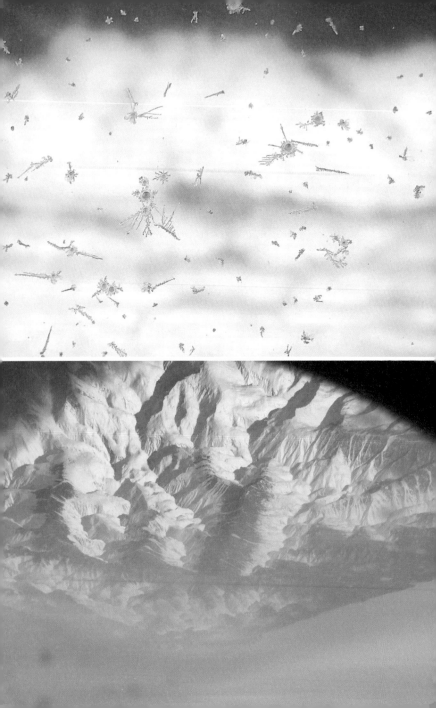

활기 띤 목소리로 자신이 여행하는 이유가 무엇인지, 앞으로의 여정이 어떤지, 한국에서의 삶은 어땠는지 등에 대해 말을 이어 나갔다.

　　그녀의 이름은 미정. 한국에서 컴퓨터 프로그래밍 일을 하는 프리랜서라고 했다.

　　"영어를 배우고 싶어서 펜팔을 시작했어요. 6년 여 동안 메일을 주고받으면서 많은 외국인 친구가 생겼어요."

　　내가 흥미를 보이자 그녀는 자신이 어떻게 외국의 여러 친구들과 오랜 시간 동안 펜팔을 할 수 있었는지, 세상에는 얼마나 나와 다른 사람들이 많은지, 그리고 그 속에서 친구를 만나는 것이 얼마나 힘든 일인지를 세세하게 설명해주었다. 그녀의 앞좌석에 앉은 외국인이 종종 뱉어내는 '흠' 소리가 우리의 긴 수다에 대한 불평이라는 것을 알아챘음에도, 나는 그녀를 말리지 않았다. 그녀는 수다가 고픈 것처럼 보였고, 나는 그 이야기를 듣는 것 외에는 달리 할 일이 없는 장거리 비행 중이었으니 말이다.

•이 책에 등장하는 일부 인물의 이름은 가명을 사용했습니다.

2

파리 입성

PARIS

　나는 여러 갈래의 카미노* 중에서도 프랑스 길을 선택했다. 이 길은 프랑스 남쪽 끝에 있는 생장피에드포르Saint-Jean-Pied-de-Port에서 시작하여 스페인 동북 쪽에 있는 산티아고데콤포스텔라 Santiago de Compostela로 향하는 약 800킬로미터 길이의 루트로, 가장 대표적인 순례길이다.

　내 삶의 첫 번째 유럽 여행, 그것도 혼자 하는 여행을 '산티아고 도보 순례'를 하기로 호기롭게 결정했지만, 두려운 마음도 들었다. 게다가 내가 여행을 떠난 시점은 순례객이 비교적 적은 비수기인 3월이었다. 때문에 나는 여러 갈래의 카미노 중에서도 비교적 안전하다고 생각되는 대중적인 길을 선택한 것이다.

* Camino는 스페인어로 '길'이라는 뜻이다. Camino de Santiago의 '산티아고로 가는 길'을 줄여서 '카미노'라고 부른다.

여행을 준비하며 카미노 여행 커뮤니티와 블로거들의 글에서 입수한 정보에 의하면, 예술과 낭만의 도시로 알려진 파리는 '소매치기' 천국이었다. 특히 한국 여자 여행객이 남겨놓은 리뷰들은 내게 파리에 대한 두려움을 심어놓기에 충분했다.

"에펠탑 앞에서 소매치기를 당했어요."

"흑인들이 나를 둘러싸고, 강제로 팔찌를 사도록 했어요."

미정 또한 나와 비슷한 글을 읽은 것 같았다. 파리가 가까워질수록 설렘보다는 걱정이 커졌다. 미정은 프랑스인 펜팔 친구가 공항으로 마중 나올 거라고 했다. 그녀는 내게 자신과 함께 파리 시내로 이동하자고 권했다. 파리 지하철의 소매치기 같은 범죄를 두려워하는 나를 배려해서였다.

나는 그녀가 친구를 만나는 자리인 만큼 둘 사이에 끼어들지 않고 혼자 공항을 빠져나가고 싶었다. 하지만 파리의 복잡한 지하철 노선도를 보자 미정을 쿨하게 보낼 수 없었다. 결국 나는 그녀의 펜팔 친구인 '루이'와 인사를 나누고, 그 일행에게 잠시 신세를 지게 되었다.

파리의 대중교통 시스템은 복잡해 보였다. 루이가 지하철 티켓 구매 방법과 이용법을 자세히 설명해주었지만 여전히 혼란스러웠다. 나는 엄마 오리를 따르는 새끼 오리마냥 미정과 루이의 뒤꽁무니를 쫓아 무사히 파리 시내에 도착했다. 헤어지기 전 루이는 내게 여러 장의 지하철 표를 손에 쥐여주었다.

"진! 여행하는 동안 이 표를 써, 선물이야!"

미정을 만나러 공항에 온 루이가 그날 처음 만난 나까지 챙길 이유는 없었다. 그런데도 그는 파리 시내까지 잠시 동행한 여행객을 위해 이것저것 파리에 대해 설명해주고, 여행 일정에 맞는 표를 구해 선물해준 것이다. 그 덕분에 파리에 들어서며 느꼈던 막연한 두려움이 잦아드는 것을 느낄 수 있었다.

가벼운 포옹을 끝으로 나는 그들과 반대 방향의 지하철을 타기 위해, 거미줄처럼 얽혀 있는 파리의 지하철 환승구를 향해 걷기 시작했다. 어쩐지 마음속의 두려움이 잦아들고, '이 여행을 잘 해낼 수 있다.'는 호기로운 마음이 다시 샘솟았다.

파리에서의 첫날밤

PARIS

'내가 쫄지 않으면, 저들도 나를 우습게 보지 않을 거야.'

미정과 루이를 보내고 혼자 남겨진 나는 문득 그런 생각을 했다. 내가 겁먹으면 범죄의 대상을 찾는 사람들이 위축된 나를 더욱 쉽게 발견할 것 같았다. 그래서 파리의 지하철이 익숙한 듯이 행동하려고 노력했다. 두려움이나 설렘의 마음을 감추고, 담담하고 무뚝뚝한 표정으로 정면을 응시했다. 퇴근하는 프랑스 시민들과 크게 다를 바 없는, 조금 피곤하고 무심한 얼굴로 말이다. 그러면서도 속으로는 지하철에서 잠들지 않기 위해 바짝 긴장했다. 민박집으로 향하는 길이 제법 멀게 느껴졌다.

파리의 민박집은 주거용 오피스텔 건물 안에 있었다. 나는 4인 1실의 도미토리를 예약했는데, 방에 들어서니 다소 앳돼 보이는 한 한국인 여학생이 수줍게 인사를 건네왔다. 그녀는 프랑스의 예술 대학교 입학시험을 보기 위해 왔다고 했다. 짐을 푼 뒤 산책을 나서는 나에게 일일 룸메이트가 '소매치기 조심하세요!' 하고 주의를 주었다.

길거리로 나온 뒤 주머니에 손을 찔러 넣고 동네 주민인 양 코스프레(?)를 시도했다. 곧장 숙소 건너편의 빵집으로 가 크루아상 하나를 사고, 마트에 들러 생수도 한 병 구매했다. 마지막으로 맥도널드에 들어가 평소엔 먹지 않는 핫초코를 한 잔 시켜두고 사람들을 구경했다. 맥도널드 매장에 앉자 있자니 거대 프랜차이즈가 주는 익숙함 때문에 마음이 다소 편안해졌다.

처음 만난 파리의 인상은 생각보다 더 압도적이었다. 다양한 인종 때문이었다. 독일, 영국 등 유럽 출신의 사람들, 그리고 아시아, 중동, 아프리카에서 온 이민자들이 지나다니는 거리의 풍경은 뉴욕에서 본 인종의 다양성을 능가하는 것처럼 보였다. '쫄지 않겠다!'는 결심은 어디로 간 것인지…. 나는 새로운 환경 속에서 금세 주눅들고 위축되었다. 아름답기는커녕 춥고, 언어도 통하지 않고, 물가는 비싼 파리라니! 순례의 시작 지점으로 어서 떠나고 싶은 마음이 간절한 밤이었다.

꼬마가 된 기분

PARIS ·········· 🚂 SAINT-JEAN-PIED-DE-PORT

오전 9시 40분. 헐레벌떡 바욘Bayonne행 고속열차 TGV에 올라탔다. 아침부터 온갖 고생을 하며 출발 시간에 맞춰 기차에 올랐는데, 나의 노력이 무색하게 기차는 10분이 넘도록 출발 지연 상태로 플랫폼에 머물러 있었다.

민박집에서 출발할 즈음엔 기차역까지 닿기에 시간이 넉넉하다고 생각했다. 전날 지하철을 타고 파리 시내로 이동한 경험 덕분에 몽파르나스Montparnasse역까지 쉽게 찾아갔고, 덕분에 잠깐 의기양양하기도 했다. 하지만 다시 길을 헤매는 신세가 되었다. 기차역은 생각보다 컸고, 나는 프랑스어로 가득한 표지판을 읽을 수 없었다. 문득 '읽는다'는 자각 없이 필요한 정보를 얻을 수 있는 한국이 그리워졌다. 익숙한 것들에 둘러싸여 사는 것이 얼마나 좋은지는 꼭 멀리 나와봐야 깨닫게 된다. 기차 플랫폼 하나 찾는 일이 이렇게 힘들 일인가 말이다.

길을 헤매는 동안 나는 대중교통을 처음 타보는 꼬마가 된 기분이었다. 작은 도전을 앞둔 기분 좋은 설렘도 있었지만, 한편으로는 기차를 잘못 타서 어딘지도, 말을 알아들을 수도 없는 시골 동네로 가버리는 건 아닌지 두려워졌다. 하지만 두려움을 떨치는 방법은 그저 부딪쳐보는 것뿐! 잡생각을 물리치고 이 사태를 해결할 방법을 찾는 데 집중했다.

마침 파리지앵들의 출근 시간이었다. 나는 커다란 배낭을 메고 길 한편에 우뚝 서서 바삐 걸어가는 사람들을 관찰했다. '누가 걸음을 멈추고 내 질문에 답을 해줄까?'

"실례합니다."

비교적 인상이 좋아 보이는 사람을 붙잡고 질문을 했다. 첫번째 사람의 설명이 이해되지 않으면, 두 번째 사람에게 다시 물어가며 길을 찾았다. 출발을 10분쯤 남겨둔 시점에야 나는 겨우 바욘행 기차가 있는 플랫폼을 찾을 수 있었다.

비로소 긴장했던 마음이 슬며시 놓였다. 그리고 우습게도 '커피를 사왔어야 했나?' 하는 생각이 들었다. 진땀을 뺐던 기억은 온데간데없고, 내가 탈 기차를 발견하자마자 금세 마음이 풀어진 것이다. 아직 타야 하는 객차와 좌석을 확인하지도 않았고, 기차 출발 시각까지 10분여밖에 남지 않았는데 커피를 사겠다니… 잠깐 망설였지만 결국 포기했다. 한국에서는 출발 시각 겨우 5분 전에 고속 터미널 역에 도착해서 버스 탑승장까지 달려가는 스릴을 만끽(?)하기도 했지만, 파리에서까지 위험을 자처하고 싶지는 않았다.

곧 커피를 사러 가겠다던 내 생각이 얼마나 어처구니없었는지 밝혀졌다. 10분 가까이 예약해둔 좌석을 찾지 못했던 것이다. 다행히 열차 출발 시각이 10분 이상 지연되었고, 그사이 나는 길고 긴 기차 내부를 서성이며 겨우 내 자리를 찾을 수 있었다. 순례 여행을 위한 첫 관문인 생장피에드포르를 향한 여정이 그렇게 시작되고 있었다.

5

생장피에드포르로 향하는 길

PARIS ·············· 🚃 SAINT-JEAN-PIED-DE-PORT

달리는 기차 안에서 바라보는 프랑스의 지방 풍경은 말로 표현할 수 없이 아름다웠다. 파리로부터 멀리 떨어진 남쪽으로 근접해 갈수록 더욱 짙은 초록빛을 뿜어내는 전원이 펼쳐졌다. 특히 바욘에서 생장피에드포르로 갈 때는 고속열차인 테제베TGV가 아닌, 훨씬 작은 저속 열차인 테르TER로 갈아탔기 때문에 풍경을 느긋하게 감상할 수 있었다.

투명한 통유리 창밖으로 광활하게 펼쳐진 한가한 시골 풍경, 그리고 자유롭게 풀을 뜯는 느긋한 소들의 모습은 여행자의 마음을 들뜨게 했다.

열차에는 나 외에는 다른 승객이 없었다. 유리창으로 가득 들어오는 따스한 햇살을 온몸으로 느끼며 느리게 흘러가는 시간을 음미했다. 진땀을 흘렸던 아침의 기억은 온데간데없어지고,

어느새 기쁨만이 마음에 가득했다.

이 여정이 예정보다 길어져도 좋겠다고 생각하며 여행을 즐기다 보니, 어느새 전광판에 생장피에드포르라는 목적지가 표시됐다. 내릴 준비를 하며, '고맙다'는 프랑스어를 입속에서 반복해보았다. 그리고 기차가 완전히 멈췄을 때, 느린 걸음으로 내리며 차장에게 인사를 건넸다.

"메르시 보쿠!merci beaucoup!"(감사합니다)

어설픈 발음으로 수줍게 건넨 인사였지만 마음만은 진짜였다. 아름다운 시골길 사이로 텅 빈 열차를 몰아 나를 목적지까지 데려다주었으니 말이다.

쨍하니 내리쬐는 햇볕을 받아 선명한 풍경을 자랑하는 남프랑스의 한 마을, 생장피에드포르에 도착했다. 기차역에 내려 지명을 바라보니 긴 여정으로 인한 피로가 말끔히 씻기는 기분이었다.

하지만 즐거운 마음도 잠시, 나는 금세 '멘붕'에 빠졌다. 순례자 사무실을 어떻게 찾아야 하는지 알 수가 없었기 때문이다. 가져온 여행 책자에서는 상세 주소를 발견하지 못했고, 휴대폰은 마을 초입에서 꺼져버린 상황이었다. 뜨거운 햇볕이 쏟아지는 휑한 마을 입구에 쪼그리고 앉아 가방을 내려놓고 뒤적뒤적 휴

대폰 충전기를 찾았다. 그리고 휴대폰이 켜질 때까지 멍하니 동
네 입구를 응시하며 기다렸다. 최대한 느슨하게 여행하기로 마음
먹었지만, 낯선 동네로 가면서 휴대폰 배터리 충전 여부도 확인
하지 않았다니! 나의 안일함이 당황스럽기도, 우습기도 해서 피
식 웃음이 났다.

　　휴대폰이 켜진 뒤 지도 앱으로 방향을 잡은 후 언덕길로 통
하는 작은 골목 초입으로 걸어갔다. 기차 안에서 기분 좋게 받아

냈던 햇살이 이제는 제법 뜨겁게 내리쬐고 있어서 등줄기에서 땀이 흘러내렸다. 언덕길을 오르는 일에 지쳐갈 때쯤 55라는 숫자가 눈에 들어왔다.

'저게 그 유명한 55번지 공립 알베르게Albergue(순례자들이 이용하는 숙박시설)인가?' 하는 생각이 들었지만, 순례자 등록이 먼저였다. 같은 골목을 반복해 오르내렸지만, 여전히 순례자 사무실은 코빼기도 보이지 않았다. 사람 하나 보이지 않는 적막한 마을 분위기에 당황스러움만 커져갔다. 의기소침해진 마음을 달래고자 길바닥에 가방을 내려놓고 천천히 심호흡을 했다. 그제야 눈앞의 돌담 너머 아래로 아기자기한 마을 풍경과 파란 하늘이 들어왔다. 기운을 차린 뒤에 다시 휴대폰 지도 앱에 목적지를 입력하고 내비게이션을 켰다.

'도보 1분 거리!'

1분 거리인데 여전히 사무실로 짐작되는 건물이나 간판은 보이지 않았다. 알고 보니 길치인 내가 바로 코앞에 있는 사무실을 못 알아보고 지나친 것이었다. 언덕으로 오르는 큰길에서 55번 알베르게에 닿기 직전 왼편으로 난 작은 골목에 순례자 사무실이 있었던 것이다. '이렇게 작은 골목에 있으니까 못 찾지!' 괜히 골목을 탓하며 느린 걸음으로 사무실로 다가갔다.

까미노에서는 자주 풀을 뜯는 소 떼를 만난다.
이 소들에게 내가 붙인 이름은 '해피 카우'.
좋은 날씨와 넓은 풀밭에 딱 어울리는 이름이다.

6

순례자 사무실

SAINT-JEAN-PIED-DE-PORT

조심스레 순례자 사무실에 들어서니 "올라!Hola!" 하며 할아버지 두 분이 웃는 얼굴로 나를 맞아주었다. 먼저 온 여행객들 일을 처리하고 조금 기다리니 내 차례가 되었다. "꼬리아나?"라는 질문에 "예스." 하고 대답했다. 그러자 그 중 한분이 휴대폰을 향해 큰소리로 빠르게 뭔가를 외쳤다. 그러곤 불쑥 내게 폰을 내밀었다.

"순례자 여권을 만드는 데 2유로를 내야 합니다."

번역기 앱이 그의 프랑스어를 듣고, 한글로 번역된 문장을 어설프게 읽어주었다. 생각보다 괜찮은 번역기 수준에 감탄했지만, 그런 방식의 대화는 오래가지 않았다. 그는 기계에 대고 큰소리로 또박또박 외치는 일에 금세 지쳤는지(거의 소리를 지르다시피 했다), 한두 마디 주고받은 후에는 폰을 내려놓았다. 이후엔 몇 장의 지도를 펼쳐놓고 손짓 발짓을 하며 내가 알아야 할 것들을 설명해주었다.

'3월엔 피레네Pirineos 산맥을 넘는 길이 위험하니 다른 길인 발카를로스Valcarlos 루트로 가야 한다.'며 좌측 경로에 새빨간 ×를 여러 개 표시하면서 거듭 강조했다. 그의 표정이 심각한 걸 보니, '절대로 가면 안 되겠구나.' 싶었다. 이때 우리가 주고받은 공용어는 '노'와 '예스', 그리고 '오케이'가 전부였지만, 나는 언어와 상관없이 그의 말을 '제대로 들은 듯한' 기분이 들었다.

주의사항을 확인한 뒤 순례자 여권을 발급받고 곧 '가리비'를 골랐다. 가리비는 순례자들이 가방에 달고 다니는 순례자의 상징인데, '예수의 열두 제자 중 한 사람인 야고보의 시신이 가리비에 감싸여 손상되지 않은 채 보존되어 있었다.'는 전설과 관련된 것이라고 했다.

할아버지가 수북하게 쌓인 가리비와 모금함을 손짓으로 가리켰다. 여행 계획을 세우면서 순례자 등록 절차를 확인해두었던 터라 간단한 손짓만으로도 무엇을 하라는 것인지 금세 알아차렸다. 은은한 분홍빛이 도는 예쁜 가리비를 찾아 가방에 매달았다. 그는 수많은 알베르게 리스트가 적힌 종이 위의 '55번지 알베르게'에 표시를 했다. 나는 "예스!" 하고 답하며 이해했다는 제스처를 취했다.

짧은 말과 번역 앱, 제스처를 통해 순례자 사무실의 할아버지들과 정보뿐 아니라 마음도 함께 나눴던 것 같다.

그날 나는 할아버지들이 내게 쏟은 초보 순례자를 위한 '걱정의 마음', 알베르게를 안내해주는 '친절한 마음', 멀리 프랑스의 소도시까지 찾아온 순례 여행자를 바라보는 '흐뭇한 마음'을 모두 느낄 수 있었다. 그들도 대화 내내 고마워했던 내 마음을 느낄 수 있었으리라.

7

생장피에드포르에서의 하루

오후 5시경 순례자 등록 절차를 끝낸 뒤 55번지 공립 알베르게로 향했다. 순례자 사무실에서 언덕길을 좀더 오르면 되는 짧은 거리였는데, 아까 헤매면서 알베르게의 위치를 확인해둔 터라 수월하게 찾아갈 수 있었다.

순례자 사무소와 공립 알베르게가 위치한 시타델 거리Rue de la Citadelle는 한산한 분위기였다. 인적이 드물어서인지 세월이 묻어난 오래된 건물과, 수많은 사람들이 밟아 겉면이 매끈하게 마모된 돌바닥이 깔린 골목의 풍경이 고즈넉했다.

곧이어 희고 너른 돌벽 위를 흙색 벽돌로 꾸민 숙소 건물이 나타났다. 55번이라고 적힌 주소 표지판 바로 아래에 진한 적갈색의 출입문이 있었는데, 마치 영업을 하지 않는 듯 굳게 닫혀 있었다. 조심스럽게 나무 문을 두드렸지만 아무 소리도 들려오지 않았다. 결국 내 손으로 문을 밀고 숙소 안으로 들어섰다. 해가 떠 있는 바깥과는 대조적으로 처음 들어선 알베르게의 실내는 다소 어두웠고, 사람의 기척도 느껴지지 않았다.

그렇게 잠시 분위기를 살피고 있으니 곧 오스피탈레로 Hospitalero[*]로 보이는 사람이 등장했다. 그는 익숙하다는 듯 가볍게 인사를 건넨 뒤 빠르게 체크인 절차를 밟아주었다. 55번지 공립 알베르게에는 한글로 된 숙소 이용 안내문이 있었는데, 덕분에 쉽게 숙소 사용 방법을 파악할 수 있었다. 순례를 시작하는 대표적인 도시 중 하나인 생장피에드포르에 위치한 공립 알베르게답게 여러 나라에서 온 순례자들의 편의를 위한 서비스라는 생각이 들었다.

방에는 먼저 온 순례자들의 가방이 무방비 상태로 여기저기 놓여 있었다. 그 광경을 보며 어디에서 왔는지, 어떤 사람인지도 모르는 사람들과 함께 사용하는 방에, 자물쇠도 없이 가방을 두고 외출한 다른 사람들의 무심함이 신기하게 느껴졌다. 나는 배정받은 침대 옆에 가방을 내려놓고 배낭의 지퍼 부분을 자물쇠로 단단히 걸어 잠근 뒤 방을 빠져나왔다.

거리로 나서니 금방 배가 고파왔다. 하루의 주요 일과를 마

---

[*] 알베르게에서 순례자를 돕는 자원봉사자.

쳤다는 생각에 긴장이 풀려서인 것 같았다. 내가 묵는 알베르게에는 주방이 없기도 했고, 요리할 기운도 남아 있지 않았으므로 식당에서 저녁을 사먹기로 했다. 문을 연 레스토랑에 들어가 자리에 앉으니, 웨이터가 다가와 물을 따라주며 메뉴판을 두고 갔다. 하지만 슬프게도 메뉴판에는 프랑스어만이 빼곡하게 적혀 있었고, 내게는 그 우아하게 꼬부랑거리는 글자를 자세히 살필 기운이 남아 있지 않았다. 결국 웨이터에게 뜨거운 커피 한 잔과

'샌드위치스러운something like a sandwich' 메뉴를 달라고 주문했다.

꽤 오랜 시간이 걸려 나온, 생각보다 작은 커피 사이즈와 뭔가 한참 빠진 듯한 비주얼의 흰색 치아바타는 나를 실망시키기에 충분했다. 하지만 시장했던 참이었고, 오전 몽파르나스의 기차역에서부터 참았던 커피를 드디어 마시게 된 참이라, 따뜻한 커피 한 모금으로 금세 만족스러운 기분이 들었다. 저녁 식사를 마친 뒤에는 근처 대형 마트에 들렀다. 앞으로의 여정을 위한 작은 칼 하나와 내일 아침을 위한 치즈와 햄, 크루아상과 사과 두 알을 샀다.

이 모든 일을 끝내고 나니 시계는 저녁 7시 30분을 가리키고 있었다. 마트를 나섰을 땐 이미 가로등에 불이 들어와 있었다.

큰 도시에 비해 가로등이 적은 편이었는데, 지나다니는 사람도 거의 없어서 거리가 한산했다. 캄캄한 밤에 낯선 동네를 혼자 걷는 일이 무서울 법도 한데, 전날 파리의 밤거리에 비하면 전혀 무섭지 않았다. 낮에 경험한 친절한 사람들과 조용한 마을 분위기 덕분에 낯선 도시에 대한 두려움이 많이 사라진 탓이었다. 나는 꽤 느긋한 마음으로 컴컴한 골목길을 따라 알베르게로 돌아왔다.

장을 봐온 음식을 냉장고에 넣고, 방으로 돌아가 필기구를 챙긴 뒤 공용 공간에 놓인 작은 테이블 한편에서 일기를 썼다. 조명이 밝지 않아서 주변은 어둑했고, 맞은편엔 나에게 자리를 내준 중년의 아저씨가 앉아 있었다. 그렇게 10분쯤 지났을까? 아저씨가 스페인어로 내게 말을 걸었다.

아저씨는 순례자 여권이라 불리는 '크레덴시알credencial'을 굉장히 많이 가지고 있었다. 그는 신이 난 표정으로 그것들을 보여주었는데, 2013년부터 6년을 줄곧 걸으면서 받은 도장들이 찍혀 있었다. 딱 봐도 10개는 넘는 양이었다. 어떤 사연이 있길래 그렇게 오랜 시간 길 위를 걷게 된 걸까? 궁금했지만 따로 묻지는 않았다. 그저 그의 자랑스러운 눈빛에 호응하며 감탄스러운 표정으로 낡은 순례자 여권들을 살펴보았다.

한 시간이 넘게 우리는 마주앉아 각자 글을 쓰고, 중간중간 대화를 나눴다. 그는 스페인어를, 나는 영어를 썼다. 몸짓 80퍼센

트와 목소리 20퍼센트로 이뤄진 대화였다.

그날 그 알베르게에는 총 7명 정도의 순례자가 머물렀는데, 아시아인은 나 혼자였다. 대부분 영어와 더불어 프랑스어나 스페인어를 사용했다. 그런 환경에 놓이니 자연스레 '스페인어 공부를 하고 여행을 왔어야 했나?' 하는 생각이 들었다. 그러다 나의 충분하지 못한 영어 실력에까지 생각이 다다랐다.

'스페인어가 웬 말인가, 영어도 아직 부족한데….'

　　프랑스에 처음 도착해 미정의 친구 루이를 만났을 때, 공항에서 파리 시내까지 오는 열차를 타고 줄곧 그와 대화를 나눴다. 이야기의 소재는 넘쳐났지만, 적절한 영어 단어를 찾지 못한 탓에 종종 대화에 버퍼링이 걸리곤 했다. 궁금하거나 말하고 싶은 것이 많아 무턱대고 문장을 시작해놓고도, 매끄럽게 잇지 못해 얼굴이 붉어지곤 했다.

　　그런 경험을 한 뒤, 생장에서 만난 순례자들까지 모국어뿐 아니라 제2외국어를 능숙하게 하는 모습을 보니, 부러움과 동시에 나의 언어 공부에 대해 회의가 들었다. 여행의 교훈은 그렇게 빠르게 찾아왔다.

8

혹독한 신고식

SAINT-JEAN-PIED-DE-PORT ▶ VALCARLOS

순례길을 걸은 첫날 밤. 나는 완전히 소진되어 불평의 말조차 늘어놓을 수 없을 만큼 지쳐 있었다. 눈보라를 헤치고 비를 맞으며 9시간 30분 동안 걸은 결과였다.

새벽같이 일어나 가방을 싸던 내게 전날 밤 이야기를 나눴던 스페인 아저씨 알베르토는 '지금 혼자 나가면 안 된다.'며 만류했다. 눈이 오고 캄캄하니 8시가 넘으면 함께 나가자고 제안했다. 덕분에 그와 멕시코에서 온 다고 할아버지, 미국에서 온 알리샤, 그리고 나까지 넷이 첫째 날의 여정을 함께하게 되었다. 밤새 눈이 펑펑 쏟아져 세상은 온통 새하얗게 바뀌어 있었다.

"눈과 비도 순례를 막을 수는 없지!"

출발하는 길에 잠시 들른 순례자 사무실의 할아버지들은

그렇게 말하며 우리를 격려했다. 그분들은 매년 카미노를 걷는다고 했다. 베테랑의 말을 들으니 날씨 때문에 내심 무거웠던 마음이 한결 가벼워지는 것 같았다.

순례자 사무실에서 진한 믹스 커피 한 잔을 얻어 마시며, 위험한 경로에 대한 정보를 한 번 더 체크했다. 그런 뒤에 펑펑 쏟아지는 눈을 맞으며 골목길 한가운데서 다 같이 기념사진을 찍었다. 눈이 소복이 쌓인 거리에는 동네 아이들이 눈싸움을 하려고 나와 있었다. 아이들은 마을을 떠나는 우리를 향해 안전한 여행을 기원하는 인사말인 '부엔 카미노!Buen Camino!'를 외쳐주었다. (Buen Camino는 '좋은 길'이라는 뜻이다.)

설레는 마음으로 첫걸음을 떼었던 날, 우리 일행은 순례자 사무실에서 절대 가지 말라고 했던 피레네 길을 오르고 말았다.

그날 아침 10년 이상의 도보여행 경험을 가진 알베르토가 앞장서서 길을 안내했다. 그는 노란 화살표나 흰색과 붉은색으로 자연물 위에 그어진 카미노의 표식을 읽을 줄 아는 것처럼 보였기 때문에, 우리는 의심 없이 그의 뒤를 쫓았다. 하지만 점차 고도가 높아지면서 일이 꼬여갔다. 산을 오르면 오를수록 쌓인 눈이 표식을 가린 탓에 발견하기가 어려웠다. 눈발이 강해지고 고도가 높아지면서 종종 알리샤와 내가 우리가 가는 방향에 대해 의문을 표했지만, 그는 가던 길에 확신을 보이며 계속 앞으로 나아갔다. 방향을 바꾸지 못하고 한참을 걷던 우리는 산의 중턱쯤에 이르러서야 결국 지도 앱을 켰다. 하지만 우리가 가야 하는 루트와 한참 반대의 길로 가고 있다는 슬픈 사실만 확인할 수 있었다.

이즈음에서 실수를 인정하고 돌아갔다면 얼마나 좋았을까? 하지만 그 당시엔 가던 방향 대로 좀더 가면 우리의 목적지인 발칼로스에 갈 수 있을 것처럼 보였다. 산길이라 지도에 정확한 루트가 표시되지 않았고, 이미 꽤 많은 거리를 걸어온 탓에 경로를 바꾸기 싫었던 우리 넷은 '조금만 더!'를 외치며 앞을 향해 나아갔다. 거세게 날리는 눈보라 속에서 정신없이 앞만 보고 걷다 보니 드디어 언덕의 꼭대기로 보이는 지점에 다다를 수 있었다.

그리고 그 고지에서 씨름 선수도 날려버릴 듯한 세찬 바람을 만났다. 가방에 씌워 놓았던 방수 커버가 벗겨져 낙하산처럼 부풀었고, 그것이 바람 속에서 미친 듯이 춤을 췄다. 그 덕에 나는 몸조차 가눌 수 없어 두 손 두 발로 바닥을 기다시피 움직이며 바람을 피할 곳을 찾았다. 미련하게 앞으로만 나아가던 우리는 자기 몸조차 지탱할 수 없을 지경에 이르러서야 그 길을 돌아나오기로 결정했다.

힘들어하는 다고의 짐을 받아 알베르토가 메고(그는 10킬로

그램 무게의 가방을 앞뒤로 메고 산을 내려왔다), 넷이 함께 손을 잡고 길을 돌아 내려왔다. 한참을 앞만 보고 걸은 뒤에야 우리는 마주 잡았던 손을 풀었고, 다시 작동하기 시작한 지도 앱에 의지해 정상적인 루트로 돌아갈 수 있었다.

나중에서야 알게 된 사실이지만 우리가 표식을 잘못 읽어 나폴레옹 루트에 진입한 것이었다. 순례자 사무실의 할아버지가 빨간 ✕를 여러 번 그으며 경고한 바로 그 길이었다. 그렇게 우리 일행은 생각보다 더 혹독한 신고식을 치르며 순례 여행의 본격적인 궤도에 들어서고 있었다.

비교적 안전한 대체 루트로 걷기 시작한 지 얼마 되지 않아 우리에게 또다른 '시험'이 찾아왔다. 모두 파김치가 되어 터덜터덜 걷고 있는데, 승용차 한 대가 나타나 목적지까지 태워다 주겠다고 제안한 것이다. 이 얼마나 친절한 제안인지! 하지만 순례 여행의 첫날이 채 끝나지도 않은 시점이라 나는 차마 차에 오를 수 없었다. 알리샤와 알베르토 또한 걷기를 선택했고, 다고 할아버지만 차를 타고 발칼로스로 이동하기로 했다.

승용차가 떠난 후 알베르토는 정확한 루트를 찾아보겠다며 먼저 떠났다. 알리샤와 나는 그가 간 방향을 추측하며 발칼로스로 가는 길을 찾아 걷기 시작했다. 한참을 걸은 뒤에야 눈이 녹아 걸을 만한 길을 만났지만 이내 비가 내렸다. 광활한 풍경, 들판에서 풀을 뜯는 행복한 소들의 모습도 다시 기력을 찾는 데 도움을 주지는 못했다. 빗속에서 언제 끝날지 모르는 길을 계속 걷는 일은 생각보다 더 고됐다.

어둠이 내릴 즈음 알베르토를 다시 만났다. 그는 제대로 된 루트를 찾은 뒤 우리를 만나기 위해 갔던 길을 되돌아오고 있었다. 그는 페이스메이커를 자처하며 우리와 함께 걸어주었고, 덕분에 지칠 대로 지친 알리샤와 나는 겨우 발칼로스에 도착할 수 있었다. 그리고 그곳의 어느 바에서 편안한 얼굴로 맥주를 마시고 있던 다고와 재회했다.

다고 할아버지는 지친 우리를 위해 흔쾌히 저녁을 샀다. 나는 오렌지주스와 스페인식 감자 오믈렛인 토르티야Tortilla de Patata가 든 큰 보카디요Bocadillo를 골랐다. 따뜻한 난로 옆에 자리한 우리 넷은 첫날의 여정을 무사히 끝낸 서로를 위해 건배했다. 식사를 마친 뒤 발칼로스의 텅 빈 알베르게의 침대 위에 지친 몸을 뉘었다.

보카디요

잠자리에 누웠을 때 문득 이런 생각이 들었다. 다고 할아버지의 짐을 들어주었던 알베르토, 묵묵히 걸으며 주변 사람들을 챙기던 알리샤, 우리에게 멋진 저녁과 잠자리를 선물해준 다고는 내게 참 좋은 기억으로 남았는데, 그렇다면 과연 나는 어떤 사람으로 그들의 기억에 남을까? 하고 말이다.

카미노에서의 첫날을 순례자들과 함께 시작한 것에도 감사했다. 혼자 걸을 수는 있었겠지만, '함께'하면 분명 힘이 된다는 것을 절절히 느낄 수 있는 하루였다. 호락호락하지 않은 첫날이었지만, 지칠 때 서로를 의지하며 동료들과 함께 걷는 일은 생각보다 더 즐거웠다.

— 9 —

길 위의 따뜻한 동료들

VALCARLOS ▶ RONCESVALLES

둘째날 아침. 7시 30분쯤 잠에서 깼다. 첫날의 경험을 통해 겨울에는 동이 튼 후에 걸어야 한다는 사실을 알았다. 기상 시각이 자연히 늦어졌다. 자리에서 일어난 뒤 공용 공간으로 가 물을 마시고 있을 때 다고 할아버지가 다가왔다.

"진, 알베르토는 오늘 우리와 헤어져서 다른 곳으로 갈 거야."

몇 해 동안 무전여행에 가까운 방식으로 여행을 하고 있던 알베르토는, 다고 할아버지가 계속 잠자리와 음식을 제공해줄 것을 염려했던 것 같았다. 처음 만났을 땐 부르고스Burgos까지 함께 걷자고 말했었는데, 마음이 바뀐 것이다.

첫날 힘들게 길을 찾아주고, 걸음이 느려진 나와 알리샤와 목적지까지 함께하며 화이팅을 외쳐주던 알베르토가 떠난다고 하니 아쉬운 마음이 컸다. 하지만 그의 결정에 대해 서운하다고 할 수는 없었다. '자신에게 주어진 카미노를 어떻게 걸을 것인가.'

는 당사자만이 결정할 수 있을 뿐이다. 그 누구도 그 방식에 대해 간섭할 수 없다고 생각했다.

이튿날, 알리샤와 다고와 함께 여정을 시작했다. 하지만 다고는 걸음이 굉장히 느렸고, 무거운 배낭을 메고 걷는 것을 힘들어했기 때문에 우리는 각자의 페이스에 맞게 거리를 두게 되었다. 그 결과 알리샤, 나, 다고 순으로 걷게 되었다. 나는 자주 뒤돌아보며 다고 할아버지가 잘 걷고 있는지 확인했다. 커브길이 이어져 그가 시야에서 사라지거나, 속도가 너무 느려 보이지 않을 지경에 이르면 알리샤와 나는 약속이라도 한 듯이 제자리에 서서 그가 보일 때까지 기다렸다. 그 기다림이 점점 더 길어지고 잦아질 즈음, 알리샤와 나는 다고를 위한 응원의 메시지를 산티아고의 노란 화살표 위에 남겼다.

다고 할아버지, 계속 걸어와 주세요.
당신은 오늘의 여정을 마칠 수 있어요.
몸조심하시고요.
행운을 빌며!

_알리샤, 진

알리샤와 나는 먼저 론세스바예스Roncesvalles에 도착했고, 숙소의 라운지에 앉아서 도착하는 순례자들에게 다고의 안부

를 물었다. 그중 이탈리아 청년인 안드레아가 길 위에서 우리가 적어둔 쪽지를 발견하고, 휴대폰으로 촬영한 사진을 보여주었다. 저녁 무렵, 다고 할아버지도 론세스바예스의 숙소에 무사히 도착하여 우리 셋은 다시 만날 수 있었다.

우리에게 주어진 카미노를 자신만의 속도와 방법으로 걷고 있었지만, 서로를 그리워하고 걱정하는 동료가 있다는 사실에 마음이 따뜻해지는 밤이었다.

-10-

관계는 늘 어려운 숙제

RONCESVALLES ▶ LARRASOAÑA

론세스바예스의 공립 알베르게는 수도원에서 운영하는 곳이었다. 순례 둘째 날 아침 6시 30분쯤 되자 알베르게의 오스피탈레로가 순례자들을 깨웠다. 모두 8시 이전에는 알베르게를 떠나야 한다는 규칙이 있었기 때문이다.

이날 나는 몇 가지 일을 겪으며 알리샤와의 관계에 대한 고민에 빠졌다. 아침을 오트밀로 해결하는 알리샤는 식당에서 조식을 사먹는 나와 같은 장소에서 식사를 할 수 없었다. 처음엔 알리샤가 내가 아침 식사를 마치는 시간까지 기다리기로 했지만, 주방에서 음식이 나오는 시간이 늦어지면서 그녀가 먼저 떠나기로 했다. 나는 예정된 약속 시간보다 15분쯤 늦게 식사를 끝낼수 있었고, 함께 식사를 한 다고와 길을 나섰다.

얼마 지나지 않아 길 위에서 알리샤를 다시 만났다.

"진! 너를 다시 만나고 싶었어!"

그녀는 나를 보며 반갑게 인사했다. 하지만 다시 만난 뒤에도 함께 걷지는 않았다. 보폭이 비슷해 거의 나란히 걸으며 중간중간 대화를 나눴지만, 각자 볼일을 볼 때 서로 기다려주지는 않았다. 그래서 알리샤가 신발 끈을 묶거나, 내가 식료품점에 들러 간식을 살 때는 금방 거리가 벌어졌다. 그러다 다시 거리가 좁혀지면 함께 걷는 일이 자연스럽게 반복되었다. 나는 타인에게 맞추지 않고 자신의 속도를 유지하는 것이 카미노의 암묵적인 룰이라고 생각했기 때문에, 그녀와 함께 걷고 싶은 마음을 억누르곤 했다.

밤이 되어 라라소아냐Larrasoaña에 도착했다. 알리샤와 나는 같은 숙소에 들르게 되었다. 오스피탈레로와 숙박 조건을 체크한 뒤 내가 숙소 등록 의사를 밝힐 때였다. 갑자기 알리샤가 다른 알베르게도 구경해보고 싶다며 자신의 가방을 다시 등에 짊어졌다. 나는 당연히 우리가 같은 숙소를 쓸 것이라 생각했는데, 그녀가 다른 숙소를 찾아보겠다며 떠나자 서운한 마음이 들었다. 물론 알리샤와 내가 '오늘은 같은 숙소에서 머물자'고 약속한 것은 아니었다. 하지만 며칠을 함께 걸으며 같은 숙소를 썼고 동료처럼 움직였으니, 앞으로도 우리가 많은 것을 함께하게 될 것이라고 막연하게 생각했던 것 같다.

알리샤와 나는 서로에 대한 기대가 달랐던 것이다. 그녀와 함께 걷고 싶다면 '앞으로도 쭉 함께 걷지 않을래?' 하고 물어봤어야 했다. 내가 바라는 것을 입밖으로 표현하지 않으면 타인은 내 마음을 모른다는 사실을 새삼 느꼈다.

그날 밤 라라소아냐의 숙소에서 미국에서 온 카를로스와 영국에서 온 엘리자베스를 만났다. 열정적이고 수다스러운 카를로스와, 당당하고 지적인 느낌의 엘리자베스는 그날 길에서 만나 함께 걷게 되었다고 했다. 둘의 권유로 나와 알리샤도(그녀는 다른 알베르게를 돌아보고 내가 있는 곳으로 다시 돌아왔다.) 식재료를 구해 함께 저녁을 만들어 먹었다. 넉살 좋은 청년인 카를로스는 요리사를 자청했고, 우리는 자연스럽게 보조 역할을 맡았다. 손이 큰 카를로스가 음식을 꽤 많이 만들었기 때문에, 우리는 알베르게에 있는 모든 사람을 초청해 음식을 나눴다. 토마토 파스타와 올리브가 곁들여진 참치 샐러드를 준비했고, 와인도 넉넉히 준비해 자정이 넘는 시간까지 둘러앉아 오랫동안 먹고 마시며 이야기를 나눴다.

- 11 -

팜플로나에서 갑자기 눈물이 났다

LARRASOAÑA ►CIZUR MENOR

다음날 아침, 알리샤, 엘리자베스와 함께 숙소를 나섰다. 다른 방에 묵었던 카를로스는 떠날 준비가 되지 않은 모양인지 보이지 않았다. 알베르게를 떠나기 전 그와도 인사를 나누고 싶었지만, 걷다 보면 언젠가 다시 만나게 될 거란 생각에 일부러 그를 기다리지는 않았다.

넷째 날의 여로에는 '팜플로나Pamplona'라는 큰 도시가 포함되어 있었다. 헤밍웨이가 머물며 소설을 쓴 도시로도 유명한 곳이었다. 함께 걷던 친구들은 1박을 하며 관광을 하겠다고 했다. 헤밍웨이의 도시라니! 왠지 매력적이었지만 순례길에 오른 지 고작 4일밖에 되지 않은 시점에 관광을 하며 쉬어 가고 싶지는 않았다. 나는 빠르게 도시를 훑고, 다음 마을인 시수르 메노르Cizur Menor에 가기로 마음을 정했다.

카미노 안내 책자에 따르면 라라소아냐부터 팜플로나까지

는 그늘이 충분하고 식수대도 많으며, 비교적 평탄하고 고요한 길을 걸을 수 있다고 했다. 눈 속에서 길을 헤맸던 첫날과 축축하게 젖은 산길, 그리고 차가 쌩쌩 지나다니는 도로 옆 갓길을 경험해야 했던 지난 며칠의 시간들과 대비되는 '평탄하고 고요한 길'이란 표현에 안도감이 들었다. 파란 하늘에 흰 구름이 둥실 떠가는 화창한 날, 아침의 차가운 공기를 가르며 하루를 시작하는 기분이 꽤 좋았다.

마을을 빠져나와 아르가 강Rio Arga과 나란히 이어지는 길을 따라 한참을 걸었다. 커다란 나무들이 강 주변을 둘러싼 모습은 미술관에서 보던 인상파 화가들의 부드럽고 따뜻한 풍경화 속 모습과 닮아 있었다. 넓은 평지 구간을 만날 때면 시야가 탁 트여 속이 뻥 뚫릴 것처럼 개운했고, 목초지에서는 조랑말이 한가롭게 풀을 뜯고 있어 구경하는 재미가 있었다. 함께 걷는 동료들과의 대화도 즐거워서 걷는 일이 지겹게 느껴지지 않았다. 다만 둘은 나보다 걷는 속도가 빠른 편이라 그들과 속도를 맞추는 일이 조금 힘들게 느껴졌다. 하지만 발에 무리가 될 정도는 아니었기에 팜플로나까지 계속 동행하기로 했다.

팜플로나에 가까워지자 비야바Villava, 부를라다Burlada 등의 작은 도시가 나타났다. 보통은 산길이 아닌 아스팔트나 보도블록이 놓인 도시의 길을 걸어야 한다는 것이 반갑지 않았는데, 그

럼에도 이 구간의 작은 도시들을 지날 때는 관광객처럼 두리번거리며 걸었다. 잘 정비된 도심과 자전거를 타거나 산책하는 주민들의 모습이 보기 좋았다. 우리는 주말을 맞아 거리로 쏟아져 나온 사람들 속에서 커다란 가방을 멘 순례자의 모습으로 빠르게 도시를 빠져나왔다.

쉬지 않고 걸은 덕분에 정오 즈음에는 팜플로나의 진입로에 놓인 막달레나Magdalena 다리에 도착했다. 키 큰 플라타너스 나무들이 강 주변을 둘러싸고 초록빛 물 위로 커다란 아치 모양의 돌다리가 놓여 있는 모습이 멋졌다. 엘리자베스가 내게, 이 다리는 고딕 양식으로 12세기에 지어진 문화유산이라고 설명해주었다.

그 말을 들으니, 수백 년 동안 버텨온 다리를 '보존해야 할 유산'이 아닌 '생활 속 건축물'로 스스럼없이 이용하는 모습이 생경하게 느껴졌다. 물론 한국에서도 오래된 문화유산을 관람객에게 개방하고, 내부 장식이나 건축 기법 등을 직접 살펴보게 하기도 하지만, 그것은 오직 '관광'을 목적으로 하는 경우가 많았다. 그런데 카미노에서 만난 수많은 로마식 다리들은 주민들의 생활 속에 깊숙이 들어와 있었다. 막달레나 다리를 보니 역사가 지나간 시간에 머물지 않고 현재로 이어져 여전히 존재한다는 실감이 났다.

다리를 건넌 뒤에는 높고 웅장한 성벽이 눈앞에 나타났다. 산티아고를 걸으며 내가 크고 웅장한 건축물을 좋아한다는 사실을 새삼 깨달았다. 오랜 세월 동안 적으로부터 성안에 사는 사람들을 지켜주었을 거대한 성벽을 보니, 그 속에서 하루쯤 머물러도 좋겠다는 생각이 들었다.

다리를 건너 도심에 진입하자 곧 5층 정도의 건물들이 길 양쪽에 빼곡하게 들어찬 거리 풍경이 눈에 들어왔다. 테라스에 빨래를 널어두거나 깃발을 걸어둔 집, 화분을 올려둔 집 등을 구경하며 천천히 좁은 길을 따라 걸었다. 길의 끝에서 코너를 돌아 다른 길로 진입하니 이번엔 튜바, 트럼펫, 작은북 등을 연주하는 악대와, 그 주변에서 리듬에 맞춰 발을 구르고 어깨를 들썩이는 사람들의 모습이 보였다. 또 다른 골목에서는 타파스Tapas(스페인식 전채 요리) 바의 야외 테이블에 사람들이 삼삼오오 모여 음식과 낮술을 즐기며 대화를 나누고 있었다. 내가 팜플로나에 도착한 날은 아무런 축제도 없는 평범한 토요일이었는데도 도시는 활기로 가득해 보였다.

팜플로나에서 가장 먼저 찾아간 곳은 유명 관광지 중 하나인 팜플로나 대성당이었다. 고딕 양식으로 심플한 외양과 웅장한 규모가 돋보였던 대성당은 주말을 맞아 방문객들로 북적이고 있었다. 그 많은 사람들을 바라보고 있자니, 인파에 떠밀려 성당 내부를 구경하고 싶은 마음이 싹 사라져 내부 구경은 하지 않았다. 함께 있던 엘리자베스도 알베르게로 가 쉬고 싶다기에 성당 앞에서 그녀와 헤어졌다.

성당 외관을 한 번 더 둘러본 다음 카스티요 광장Plaza del Castillo으로 향했다. 정오의 뜨거운 햇볕이 드넓은 광장 위로 쏟아지고 있었지만, 다른 곳과 마찬가지로 날씨에 개의치 않고 광장을 활보하는 사람들이 많았다. 카스티요 광장에는 헤밍웨이가 자주 방문해 글을 썼다던 카페 이루냐Café Iruña가 있었다. 그 카페에서 헤밍웨이의 흔적을 찾아볼까 생각했지만 수많은 방문객들로 북적거리고 있는 모습을 보니 역시 들어갈 엄두가 나지 않았다. 지난 며칠을 한적한 작은 도시에 머문 탓이었는지, 복잡하고 활기가 가득한 팜플로나가 번잡하게 느껴졌다. 어서 관광을 끝내고 조용한 마을로 가고 싶다는 마음이 점점 커져갔다. 광장에서 사람들을 구경하며 잠시 휴식을 취한 뒤, 마지막으로 투우 경기장에 들렀다가 팜플로나를 떠나기로 했다.

이미 많이 지친 상태였지만 구태여 투우 경기장을 찾은 것은, 팜플로나가 거리에서 소를 모는 행사인 '산 페르민 축제Fiesta de San Fermín'로 유명한 곳이었기 때문이다. 빨간 천을 휘두르는 투우사와 성난 소가 대결하는 무자비한 투우 장면을 실제로 보고 싶지는 않았다. 그럼에도 마음 한켠에 있는 투우에 대한 호기심이 나를 그곳으로 이끌었다. 내가 그곳을 방문했을 때는 공교롭게도 투우 경기장이 운영되지 않는 때라, 경기장 앞에 놓인 헤밍웨이의 흉상을 보는 것으로 만족해야 했다.

팜플로나는 제법 규모가 큰 도시라 도심을 빠져나가는 데만도 꽤 시간이 걸렸다. 도심 외곽을 향해 걷는 길에서 크고 한적한 공원도 만났다. 타코네라Parque de la Taconera 공원에서는 시민들이 서로 멀찍이 떨어져서 피크닉 매트를 깔거나 벤치에 앉아 느긋하게 토요일 오후를 즐기고 있었다.

약 9백만 인구가 사는 서울은, 주말이면 그리 크지도 않은 공원에 사람들이 빼곡하게 들어차 답답하게 느껴질 정도였다. 그에 비해 팜플로나에서는 너른 땅을 비교적 적은 수의 사람들이 누리고 있는 듯해 부러운 마음이 일었다. 태어날 때부터 이렇게 너른 공간을 누리며 살아왔다면, 어쩐지 나도 지금보다는 좀더 여유로운 성향의 사람이 될 수 있었을 것만 같았다.

팜플로나의 공원을 벗어난 뒤 노란 화살표를 따라 계속 걸었다. 곧 쭉 뻗은 길과 양옆으로 늘어선 키 큰 가로수, 그리고 광활한 들판이 눈앞에 나타났다. 도시의 활기와 대조적인 적막한 분위기가 낯설게 느껴졌지만 그 느낌이 나쁘지는 않았다. 그렇게 고요 속을 한참 걷고 있을 때였다. 갑자기 눈물이 났다. 한국

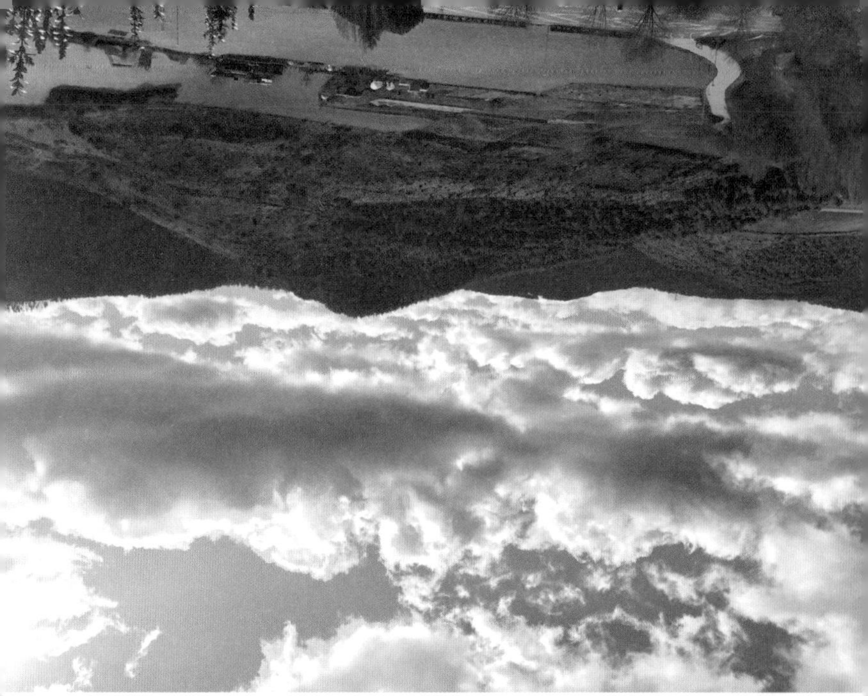

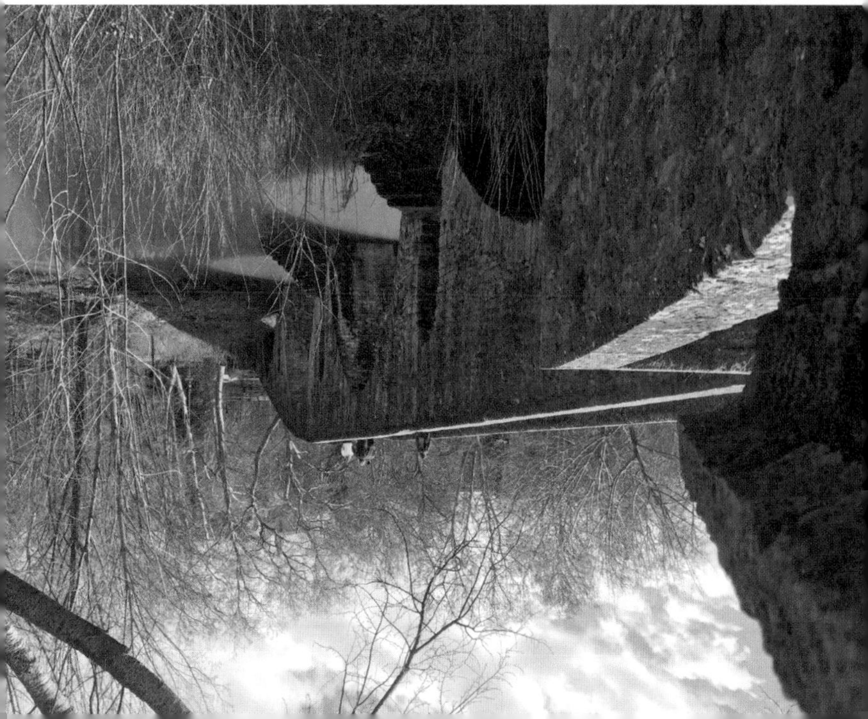

의 바쁜 생활에서 벗어나 여유를 온몸으로 만끽하던 그때, 왜 그렇게 서러운 울음이 터져나왔을까. 이유를 알 수 없었다. 다만 마음속에서 무언가 툭, 부러지는 듯한 느낌이 들었다.

그 뒤로도 계속 혼자 걷다 보니 또 이런 생각이 찾아왔다. 나는 매일 걷는다. 매일 하는 행위는 똑같다. 하지만 자세히 들여다보면 눈앞에 펼쳐지는 풍경은 매일 다르고, 나는 조금씩 달라지는 풍경에 여전히 감탄하고, 또 새로운 사람들 사이에서 매일 다른 것을 느끼니 '매일이 똑같다'고 말할 수 없는 게 아닐까?

생각해보면 서울에서의 일상도 이와 비슷했다. 매일 일한다는 행위 자체는 같을 수 있지만 어제와 다른 풍경을 보고, 조금씩 다른 업무를 하고, 새로운 사람을 만나거나 헤어짐을 반복했다. 나는 같은 듯하지만 전혀 다른 매일을 살았던 것이다.

여행을 떠나기 전에는 반복되는 사이클에 지친다는 생각을 했었다. 그런 반복이 참 지루했다. 하지만 사는 것이 카미노를 걷는 일과 유사하다면, 나는 매일 다른 하루를 살아온 것이다. 매일이 새로웠다.

혼자가 되기 위해 길을 나섰지만

CIZUR MENOR ▶ PUENTE LA REINA

시수르 메노르의 알베르게에는 나를 포함해 총 네 명의 여행자가 함께 묵었다. 모두 혼자 여행하는 분들로, 프랑스인 아저씨, 스페인 아저씨, 그리고 영국인으로 보이는 아주머니가 계셨다. 영어를 쓰는 아주머니를 제외하면 다른 두 분과는 대화가 불가능했는데, 더군다나 각자 저녁을 해결하는 분위기라 나도 혼자 저녁 식사를 했다. 그날은 걷기 시작한 후로 가장 고독한 밤을 보냈다.

아침도 적막하기는 마찬가지였다. 다들 아침 일찍 알베르게를 떠났기 때문에 나는 텅 빈 알베르게에서 홀로 아침 식사를 했다. 따뜻한 스프와 초리조Chorizo를 넣은 보카디요를 만들어 먹고, 커피도 한 잔 마셨다. 그리고 알베르게를 빠져나와 노란 화살표를 따라 걷기 시작했다.

잘 정돈된 한적한 주택가를 지나자 너른 벌판이 나왔다. 해가 완전히 떠오르기 전 아직 어둑한 하늘에는 두터운 구름이 가득했지만, 적당히 젖어 촉촉한 공기는 아침을 상쾌하게 만들어 주었다. 아침을 먹을 때까지만 해도 비가 왔지만, 걷기 시작한 뒤로는 언제 그랬냐는 듯 날이 개어 걷기에도 좋았다.

그렇게 한 시간쯤 걸었을까? 멀리 사람의 뒷모습이 보였다. '혼자라도 좋다!'고 생각한 여행이었지만, 텅 빈 길을 홀로 걷다 타인을 발견하면 어쩐지 반가운 마음이 들었다. 내가 옳은 경로로 잘 걷고 있다는 생각도 들고, 소리치면 들릴 거리에 사람이 있는 편이 좀더 안전할 것 같았다.

앞서 걷던 사람과 점차 거리가 좁혀졌다. 큰 배낭을 멘 그 사람은 중년의 남성이었다. 우리는 서로의 존재를 의식하며 앞서기도 뒤서기도 하며 한참을 걸었다. 그러다 푸엔테라레이나Puente La Reina로 가는 경로에 있는, 페르돈 봉Alto de Perdón의 철로 만든 순례자상 앞에 이르러서야 둘 다 걸음을 멈췄다.

그가 언덕 위에서 숨을 고르며 순례자 상과 셀카를 찍는데, 너른 풍경과 그의 모습이 셀카에 다 담기지 않아 곤란해하는 듯했다. 그에게 "제가 찍어드릴까요?" 하고 말을 걸었다. 우리는 번갈아가며 사진을 찍어주었고, 그렇게 안면을 튼 뒤에는 곧 걸음을 맞춰 나란히 걷게 되었다. 삼촌뻘로 보이는 그는 스페인 마드리드에서 왔다며 에드왈도라고 자신을 소개했다.

걷는 동안 에드왈도는 틈틈이 내게 말을 걸었다. 하지만 그는 스페인어만 할 수 있었기 때문에 서로 말을 주고받기가 어려웠다. 게다가 그는 내 번역 앱이 한글을 스페인어로 번역하는 시간을 기다려주지 않았다. 나는 몸짓과 몇 가지 스페인어, 영어 단어를 이용해 말을 이어나갔다.

무거운 배낭을 메고 걷기도 힘든데 에드왈도와 걸음을 맞춰 스페인어까지 알아들으려 애쓰다 보니 문득, '헤어지고 다시 혼자 걸어야 할까?' 하는 생각이 들었다. 하지만 그는 이 동행이 즐거운 눈치였다. 나는 쉴 만한 카페가 나오기 전까지만 동행을 이어가기로 마음먹었다.

그렇게 한참을 걷다가 인적이 드문 마을에 도착했다. 너무 작은 마을이라 그런지 지나다니는 행인도 보이지 않았고, 점심을 해결할 식당을 찾기도 어려웠다. 배가 많이 고팠던 나는 마을로 들어선 뒤부터 식당이나 바를 찾기 위해 열심히 주변을 두리번거렸다. 그런 나를 잠자코 보던 그가 말없이 앞장섰다. 그리고 한 가게 앞에서 내게 오라며 손짓했다.

간판에는 'Sociedad Muruzabal(소시에다드 무루자발)'이라는, 음식점임을 전혀 예측할 수 없는 글자가 적혀 있었다. 그가 아니었다면 타파스 바라는 사실을 알아차리지 못하고 지나쳤을 터였다. 문을 열고 들어서니 제법 넓은 공간이 나타났다. 한낮에 와인과 맥주, 그리고 가벼운 타파스를 즐기는 동네 주민들의 모습

이 보였다. 에드왈도와 나는 가게 한쪽에 자리를 잡고 차가운 맥주를 주문한 뒤 진열된 음식 중 구미에 당기는 몇 가지를 골라 천천히 배를 채웠다. 어쩐지 그 순간만큼은 여행객이 아니라 그 낯선 마을에 살고 있는 주민이 된 것 같았다.

누군가는 혼자 되기를 고수하고, 누군가는 동행이 되어 함께 걷는 카미노. 나는 혼자가 되기 위해 길을 나섰지만, 길 위의 만남들을 통해 내가 혼자만큼이나 사람들과 어울리는 것을 좋아한다는 사실을 어렴풋하게 느끼고 있었다. '어쩌면 혼자 되기 위해서가 아니라, 좋은 인연을 기대하며 카미노를 걷는 것은 아닐까?' 하고 생각될 만큼.

13

내면의 스위치 조절하기

PUENTE LA REINA ▶ ESTELLA

푸엔테라레이나의 숙소에서는 여유를 부리다가 오전 8시
가 넘은 시각에 길을 나섰다. 먼저 숙소를 떠난 알리샤나 에드왈
도보다 십여 분 더 느린 시작이었다. 이 정도 간격이면 다른 순례
자들과 제법 거리가 벌어지기 때문에, '오늘은 혼자 걷겠네.' 하며
알베르게를 나서고 있을 때였다. 알베르게로 다가오는 에드왈도
가 보였다. 숙소에 두고 간 등산 스틱을 가지러 온 것이다. 그렇게
그와 나는 또다시 함께 걷게 되었다.

그날 이후 에드왈도는 쭉 나와 함께 걷기로 마음먹은 것 같
았다. 화장실에 들르거나 작은 상점에 들러 간식을 사는 등 내가
지체할 때면, 그는 나를 기다리거나 함께 가주었다. 혼자 걸을 땐
너무 외로워서 사람이 그리웠는데, 막상 함께 걷게 되면 오히려
약간 부자유스러워져서 혼자 걸어야 할지 따로 걸어야 할지 갈
등이 일었다. 특히 에드왈도는 스페인어만 사용하니 언어로 인한

스트레스도 만만치 않았다.

하지만 그와 함께 걷는 시간이 길어질수록 이 동행이 꽤 만족스럽다는 쪽으로 생각이 기울었다. 그는 내가 잘 알지 못하는 고대 로마 유적에 대해 많은 것을 설명해주려고 했고, 호기심이 많은 나는 최선을 다해 귀 기울여 들으려 했다. 우리는 좋은 길동무가 되어가고 있었다.

문득 엘리자베스가 내게 해주었던 말이 떠올랐다. 그녀는 내가 내 몸을 돌보는 방식이 인상적이라고 말했는데, 어쩌면 관계를 돌보는 방식도 다르지 않을 거란 생각이 들었다.

"진, 너는 네가 온도에 예민한 것을 잘 아는 것 같아. 그래서 보온을 위한 넥 워머나 손수건 같은 액세서리를 손 닿기 쉬운 곳에 두고, 재빨리 체온을 관리하는 것이 인상적이야. 나는 옷을 두껍게 입거나 너무 얇게 입어서 어떤 날엔 땀을 뻘뻘 흘리고, 어떤 날엔 추위에 떨면서 걸어야 했거든. 특히 이렇게 날씨가 쉽게 변하는 곳에서는 온도 조절이 쉽지 않아."

엘리자베스는 내가 나의 체온을 잘 관리하는 사람이라고 말해주었지만, 생각해보니 나는 관계 속에서도 민감하게 대처해왔던 것 같다. 심각하고 생각이 많기도 하지만 활달한 면모도 있고, 관계가 절실히 필요할 때도 있지만 혼자가 되는 시간도 중요한 나는 그야말로 복잡한 사람이었다.

14

노년의 여행자가 들려준 삶의 지혜

ESTELLA

밤이 되면 낮 동안 혹사당한 발이 저릿하고 뜨겁게 달아올랐다. 덕분에 거의 매일 밤 쉬이 잠들지 못했다. 에스테야Estella에서 머물렀던 날도 마찬가지였다. 늦게까지 뒤척이던 나는 마냥누워 잠을 기다리는 대신 공용 공간으로 내려가 시간을 보내기로 했다. 그곳에서 네덜란드 아저씨 단을 만났다.

순례자들의 단골 질문인 '왜 카미노에 왔냐?'는 물음을 시작으로 네덜란드와 한국의 번아웃 문제 같은 사회적 이슈들, 그리고 개인적인 이야기까지 다양한 주제로 대화를 나눴다. 70대의 나이에 혼자 산티아고에 왔다는 그는 한 해 전 사랑하는 아내와 사별했다. 이후 자식들이 마련해준 비행기 티켓으로 카미노로 온 것이다. 이 길을 걷는 것이 평생의 소원이었던 그를 위해 자식들이 준비한 선물이었다.

나는 70대의 나이에 무거운 배낭을 메고 800킬로미터의 도보 여행에 나선 이 멋진 여행자에게 오래 마음에 품었던 질문을 던졌다.

"어릴 때 저는 한 사람의 삶에는 고민의 총량이 정해져 있다고 생각했어요. 젊은 시절에 치열하게 고민해서 삶에 대한 답을 찾으면, 늙어서는 큰 고민 없이 즐겁게 살아갈 거라고 기대했던 것 같아요. 그런데 아무리 노력해도 새로운 문제가 찾아오고 고민도 계속돼요. 아무리 열심히 고민해도, 또 시간이 지나면 풀어야 할 문제가 계속 찾아오는 거죠. 그러니까 내가 이렇게 계속 치열하게 열심히 살 필요가 있나? 하는 회의감이 들어요."

내 말을 가만히 듣던 그가 대답했다.

"죽기 전까지 삶에는 끊임없이 고민거리와 문제들이 찾아와. 70년이 넘는 시간 동안 내게도 늘 문제들이 시시각각 찾아왔어. 그것이 멈추는 순간은 우리가 죽는 순간이야. 하지만 그렇다고 해서 고민을 멈춰서는 안 돼. 너는 앞으로 일어날 문제들을 미리 알지 못할 것이고, 미리 대비할 수도 없어. 그래도 네게 닥친 문제들을 회피하지 말고, 마주한 문제를 어떻게 풀 수 있을지 고민해. 그럼 문제는 늘 찾아오겠지만, 그 문제를 해결하는 힘을 얻을 수 있을 거야."

그리고 또 이렇게 덧붙였다. 세상에는 두 종류의 사람이 있다고. 문제에 대해 스스로 답을 찾는 사람들은 같은 문제를 다시 만났을 때 그 문제가 보다 가볍게 느껴지겠지만, 문제를 회피하기만 한 사람들은 다음에 같은 문제가 찾아오면 똑같은 어려움을 느낄 거라고. 그리고 후자의 경우, 그런 문제들이 켜켜이 쌓이면 삶이 더욱 고통스럽고 무겁게 느껴지지 않겠냐고 반문했다.

"진, 너는 젊기에 많은 것을 바꿀 수 있어. 네가 원하는 변화를 만들 힘이 너에게 있단다. 나는 70대가 되어서야 산티아고에 왔지. 하지만 너는 젊은 나이에 산티아고에 와서 홀로 걷고, 많은 사람들을 만나며 스스로를 위한 시간을 갖고 있잖니. 이 시간이 네 인생에 큰 도움이 될 거야. 물론 네가 여행을 하는 시간 동안은 돈을 벌지 못하지. 하지만 돈이 최고의 가치는 아니니, 돈으로 사지 못하는 많은 것들을 항상 생각하면서 살았으면 좋겠어."

긴 세월 속에서 얻은 소중한 지혜를 처음 본 젊은 여행자에게 나눠준 단. 그와 대화하던 새벽의 고요한 시간이 비현실적인 느낌으로, 꿈을 꾼 듯 기억 속에 남아 있다. 삶을 살아가는 태도에 대한 이 열정적인 노년의 여행자가 들려준 지혜를 오래도록 기억할 것이다.

이런 기억이 있기에 발이 퉁퉁 붓고 잠 못 드는 밤이 계속된다 해도, 또 나시 산티아고로 돌아오게 될 것 같다.

느린 당신과 함께 걷기로 한 이유

ESTELLA ▶ LOS ARCOS

　전날 새벽까지 단과 이야기를 나누느라 취침 시각이 늦었던 탓에 다음 날 아침엔 다소 늦게 잠에서 깼다. 함께 머물던 순례자들은 하나둘 떠나고 있었지만, 어쩐지 서두르고 싶지 않았다. 나는 천천히 아침 식사를 하고 '오늘의 순례'를 시작하기로 했다.

　해가 높게 뜬 화창한 날이었다. 모든 여행자들이 빠져나간 뒤라 넓은 공용 식당을 독차지할 수 있었다. 물을 끓여 블랙커피를 만들고, 전날 밤 마트에 들러 샀던 치즈, 하몽, 바게트로 간단한 보카디요를 만들었다. 음식을 먹는 동안 정원을 관리하는 사람들이 주방을 지나갔다. 구경하듯 나를 바라보는 그들에게 씽긋 웃으며 "부에노스 디아스!Buenos días!" 하고 먼저 아침 인사를 건넸다. 내 모습이 스스로 낯설게 느껴졌다. 걷기 시작한 뒤로 나는 점점 넉살 좋은 사람이 되어가고 있었다.

　순례 7일차. 카미노에서의 일과에 익숙해진 나는 점차 하루를 보내는 나만의 리듬을 만들어갔다. 매일 짐을 싸 다른 곳으로 떠나고, 오래 걷고, 새로운 사람들을 만나고 헤어지는 일에도 적응해갔다. 그리고 혼자 되는 일 또한 두려운 일이 아니라 당연한 거라 생각하게 되었다.

오래된 성당, 교회, 수도원 등의 건축물을 구경하며 걷다 보니 저 멀리 먼저 출발한 에드왈도가 보였다. 그가 발에 큰 물집이 잡혀 걷는 속도가 떨어졌기 때문에 금방 따라잡은 것이다. 그냥 지나칠 수가 없어서 조금 속도를 늦춰 함께 걷기 시작했다.

그는 은근 '츤데레' 스타일이었다. 내게 별말을 하지는 않았지만, 동행할 때면 늘 나를 살피고 있다는 걸 느낄 수 있었다. 필요한 것을 알아서 챙겨주기도 하고, 내가 잘 걷고 있는지 곁눈질로 확인하곤 했다. 그에게 이번에는 내가 보조를 맞춰 걸었다. 에드왈도가 이 동행을 좋아한다는 것을 느낄 수 있었다.

그렇게 나란히 한참을 걷다가 작은 마을에 들렀다. 그곳에서 카를로스를 다시 만났다. 우리 셋은 인사를 나눈 뒤 동네 바에 들러 잠시 쉬어가기로 했다. 맥주 세 병을 시키고 노천 테이블에 앉으니, 주인장이 맥주와 약간의 올리브유, 치즈를 함께 내어주었다. 나는 난데없는 올리브유와 치즈의 정체가 궁금했는데, 알고 보니 카를로스가 주인장에게 부탁해서 점심 도시락을 만들 때 쓸 약간의 재료를 구매한 거였다. 메뉴판에도 적혀 있지 않은 식재료를 바에서 흥정해서 구하고, 앉은 자리에서 나이프를

꺼내 샌드위치를 만드는 재주라니!

식사가 끝난 뒤엔 자연스레 셋이 함께 걸었다. 카를로스는 이야기하는 것을 좋아했는데, 다소 걸음이 빠른 그와 대화하며 걷다 보니 어느새 에드왈도가 저 멀리 뒤처져 있었다.

카를로스는 다소 빡빡한 일정으로 카미노 완주 계획을 세운 탓에 속도를 늦출 수 없는 상황이었다. 에드왈도의 위치를 확인한 나는 그와의 대화를 중단하고 걸음을 늦춰 에드왈도와 다시 걷기 시작했다. 며칠 동안 내게 좋은 동행이 되어주었고, 심지어 발까지 불편한 그를 혼자 걷게 할 수 없었다.

양쪽으로 드넓게 펼쳐진 포도 농장 사이에 놓인 길로 강한 바람이 불어왔다. 점심시간이 가까워져서 길가에 주저앉아, 멀리 땡볕에서 일하는 포도밭의 인부들을 바라보며 점심을 먹었다. 그는 자신의 음식은 뭐든 내게 반을 떼어 나눠주었다. 그리고 내가 먹지 않는 음식은 자신도 먹지 않고 다시 가방에 넣었다. 스페인어와 영어로 소통하는 탓에 많은 대화를 하지는 못했지만, 그가 나를 배려하는 마음이 바람처럼 전해졌다.

식사를 하던 중 그가, 왜 카를로스와 먼저 가지 않았냐고 물었다. 나는 긴 설명 대신 그저 활짝 웃어 보였다.

16

밤과 와인

LOS ARCOS

넓은 포도밭이 있는 길을 지나 저녁 무렵 도착한 로스 아르
코스Los Arcos의 숙소에서 한국인 청년 K를 만났다. 길 위에서 한
국인을 만난 것이 처음이라 반가운 마음에 함께 식사하자고 권
했다. 그렇게 에드왈도와 K, 나는 근처 식당을 찾았다.

'올라!Hola!' 하고 시원스럽게 인사해주는 화통한 사장이 우
리를 맞았다. 저녁식사 메뉴를 주문하기에는 이른 시각이라 먼
저 식전주를 마시기로 했다. 바 테이블 앞에 자리를 잡고, 초리조
를 얹은 핀초스(작은 빵 위에 식재료를 올려 이쑤시개로 고정한 음식)
를 안주 삼아 술을 마셨다. 한 잔 두 잔 따라 주는 와인을 맛보며
핀초스를 먹고 있자니 바 사장이 신이 난 목소리로 물었다.

"너 와인 좋아하니?"

작은 몸집의 동양 여자가 와인을 잘도 마시니 그 모습이 신
기한 모양이었다. 나는 받아 든 와인을 단숨에 들이키고 활기차

게 대꾸했다.

"물론이죠! 한국 술만큼이나 와인을 좋아해요!"

흥이 오른 에드왈도와 K는 '한 잔 더!'를 연달아 외쳤고, 함께 신이 난 기분파 사장은 더 많은 레드 와인을 내 잔에 콸콸 따랐다. 기분이 한껏 좋아진 나도 그걸 꿀꺽꿀꺽 마셔 댔다. 음식도 술도 푸짐했던 그날, 나는 결국 새벽 무렵 잠에서 깨어 화장실에 가야 했다. 그날 밤 몇 번이나 토하고, 다음날 아침엔 숙취에 시달리며 겨우 길을 나설 수 있었다.

시끌벅적한 그 밤의 경험으로 느낀 두 가지. 첫 번째는 풍문으로 들은 대로 스페인 사람들이 한국인의 '정'과 비슷한 정서를 가졌다는 것, 두 번째는 여행지에서는 아무도 내게 잔소리 하지 않는다는 것이었다. 서로의 잔에 신나게 와인을 따라주고 함께 시간을 보내는 와중에도, 주량을 조절하고 다음 날의 여행을 위해 에너지를 비축하는 것은 내 몫이었으니 말이다.

함께 걷는 이들 모두가 서로를 걱정하고 위험에 처하면 금세 도움의 손길을 내미는 순례길이지만, '스스로의 결정과 행동에 책임을 지는 것은 오로지 자기 자신'임을 잊지 말아야 한다는 것. 그것은 사실 카미노 위에서 뿐만이 아니라 평생 내가 잊지 말아야 하는 삶의 규칙이라는 사실을 절감한 밤이었다.

17

각자의 길을 걷는다

LOS ARCOS ▶ LOGROÑO

숙취에 시달리는 아침이었지만 여느 때와 다름없이 짐을 챙겼다. 에드왈도에게 "티엔다Tienda 가게에 들를 테니 먼저 가세요." 하고 말했으나, 가게에 들른 후 걸음이 느린 그를 금방 따라잡았기 때문에 곧 다시 동행하게 되었다.

나의 목적지는 로스 아르코스로부터 29킬로미터 떨어진 로그로뇨Logroño이고, 에드왈도의 목적지는 20킬로미터 정도 떨어진 비에나Viena로, 우리의 '어쩌다 동행'은 이날 끝날 예정이었다. '카미노에서는 각자의 길을 걷는다'는 암묵적인 룰이 순례자들 사이에 있었기 때문에 우리는 서로를 위해 루트를 변경하지는 않았다.

나는 그날 그에게 이메일 주소를 물었다. 이 질문은 자연스레 마지막 인사로 이어졌다. 일주일 일정으로 카미노를 걷고 있던 에드왈도는 비에나에 도착한 후 집이 있는 마드리드로, 일상으로 돌아갈 계획이었고, 나는 산티아고데콤포스텔라까지 걷는 것이 목표였으므로 예정된 이별이었다.

길지 않은 시간이었지만 함께 걸으며 우리는 좋은 팀이 되어 있었다. 나는 걸음이 느린 그와 보조를 맞추고, 그는 걷는 내내 나의 안위를 신경써 주었다. 나는 영어로, 그는 스페인어로 말했기 때문에 정확한 정보 전달에 어려움을 겪을 때도 많았다. 하지만 나는 늘 그에게 스페인에서 처음 보게 된 나무와 꽃에 대해, 그곳의 풍습과 건물 등에 대해 질문했다. 그러면 그는 질문에 대한 대답을 포함해 교회, 성당 등 스페인의 건축물과 자연에 대해 설명해주기 위해 애썼다.

나는 잠들지 못한 늦은 밤, 그리고 혼자 걷는 시간에 스페인어 공부를 했다. 에드왈도가 번역기를 쓰는 것을 싫어했기 때문에 그와 대화하기 위해 짬짬이 짤막한 표현이나 단어를 외웠다. 때로 긴 문장은 번역 앱을 쓰기도 했는데, 영어를 스페인어로 변환한 뒤 발음기호만 보며 긴 스페인어 문장을 읽어내려갔다. 그는 참을성 있게 내가 뱉어내는 문장을 듣고, 발음을 고쳐주거나 쉬운 표현을 알려주었다.

함께 걷는 동안 우리는 이 동행이 곧 끝날 것을 알고 있었다. 때로는 언어의 장벽, 나이의 차이, 조금 다른 여행 스타일 때문에 스트레스를 받았다. 하지만 우리는 이 모든 불편을 넘어설 만큼

서로에게 친절하고 우호적인 마음을 가졌던 것 같다.

비에나와 로그로뇨로 향하는 갈림길을 눈앞에 두고 우리는 가벼운 포옹으로 마지막 인사를 나누었다. 그리고 천천히 걸음을 떼기 시작했을 때, 에드왈도가 나를 한 번 더 불렀다. 그가 뭔가를 크게 외치며 몇 가지 수신호를 그리는 모습이 눈에 들어왔다.

"Jin! Arriba, abajo, al centro, y pa' dentro!"

(위로, 아래로, 중앙으로, 그리고 안으로!)

그것은 스페인식 건배사였다.

따뜻한 봄의 기운이 피어오르는 시골길 위에서 나의 스페인 친구와 그렇게 작별했다. 예정된 이별이었지만, 그럼에도 그날 걷는 내내 그가 많이 그리웠다.

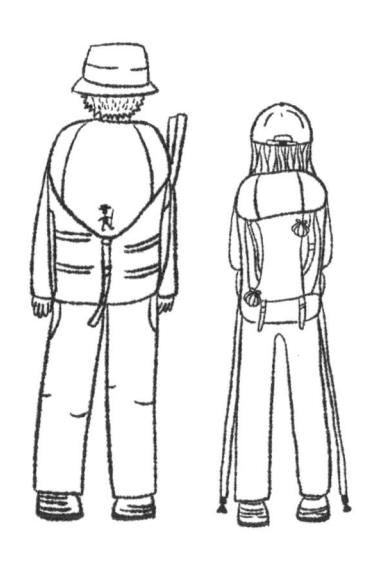

18

깊은 밤의 신나는 파티

LOGROÑO

에드왈도와 헤어져 로그로뇨라는 도시에 도착했다.

홀로 알베르게에 도착한 나는 늘 그렇듯 씻고 빨래를 널어
둔 뒤, 저녁을 위한 취사도구와 조미료 등을 확인하기 위해 주방
선반을 여기저기 살펴보고 있었다. 그때 누군가 내 이름을 불러
뒤를 돌아보니 전혀 모르는 얼굴이었다. 다소 놀란 표정으로 그
를 바라보았다. "모두들 진! 하고, 네 이름을 부르잖아. 그래서 나
도 네 이름을 알고 있었어." 하고 낯선 이가 설명해주었다. 영국인
인 그의 이름은 올리로, 호주에 살고 있는 의사라고 자신을 소개
했다.

"진, 계단에 올라가서 발뒤꿈치가 아래로 향하도록 스트레
칭을 해봐. 다리 뒷부분이 당기는 느낌이 들면 피로를 푸는 데 훨
씬 도움이 될 거야."

그렇게 환하게 웃는 얼굴로 말을 건네는 올리에게 나는 금방

호감이 생겼다.

그날 밤은 올리와 그의 사촌인 헤나가 카미노에서 머무는 마지막 밤이었다. 우리는 식사 후 조촐한 '이별 파티'를 열기로 했다. 몇 가지 스낵과 술이 준비되었고, 주방의 커다란 테이블에 나를 포함해서 일곱 나라에서 온 여덟 명의 사람들이 둘러앉았다.

나는 올리의 사촌인 헤나를 제외하면 유일한 여성이자, 아시아인이었다. 그는 내가 그 자리를 어색하게 여길 수 있다고 생각했는지, 나와도 자주 눈을 맞춰가며 대화를 나눴다. 가끔 말이 끊어지면 그가 나서서 가벼운 농담을 던졌고, 덕분에 다시 화기애애한 분위기로 돌아가곤 했다.

올리는 우리에게 간단한 게임 몇 가지를 제안했다. 각자가 아는 게임을 서로에게 알려주도록 권유하기도 했다. 그렇게 시작된 세계 각국의 게임들은 테이블에 둘러앉은 모두를 열정적으로 만들었고, 이별 파티의 분위기도 절로 무르익어 갔다.

그날 했던 여러 게임 중 동전의 옆면을 이용해 테이블에 동전을 세운 뒤, 팽이처럼 회전시켜 한 손으로 멈춰 세우는 게임을 모두 좋아했다. 동전 세우기에 성공하면, 그 사람의 나라를 함께 외치며 건배사를 하는 게임의 룰 때문이었다. 그날 나는 동전 세우기를 네 번이나 성공시켰는데, 덕분에 한국식 건배사인 '건배'

를 네 번이나 제창할 수 있었다.

밤이 깊어 파티를 끝내고 모두 숙소로 돌아갈 때, 주방문을 나서는 나를 올리가 불러 세웠다. 그는 내게 다가와 "진, 너는 내가 아는 최고의 한국인이야!"라고 말하며 양 볼을 서로 맞대는 스페인 방식으로 작별인사를 해주었다.

카미노에서 만난 많은 사람들은 길 위의 타인에게 한결같이 마음을 활짝 열어놓고 있었던 것 같다. 그날 밤 마지막 건배사를 돌아가며 외칠 때, 나는 "우리의 미래를 위해!" 하고 외쳤다. 모두가 카미노 위에서의 즐겁고도 용감했던 기억들을 품고 살아가기를 바라며 말이다.

기쁨과 슬픔이 공존하는 마음

LOGROÑO ▶ NÁJERA

시끌벅적한 송별회가 있었던 다음날, 나는 다시 혼자가 되었다. 잠에서 깨어나 짐을 싸고 차가운 아침 공기를 가르며 로그로뇨를 빠져나왔다. 도심의 정비된 거리를 지나 외곽으로 접어들자, 물새들이 놀고 있는 호수와 녹음이 우거진 작은 공원이 나타났다. 공원 안쪽으로 조금 걸어 들어가니 길 가장자리에 청설모가 앉아 도토리를 주워 먹고 있었다. 가까이 다가가도 밥 먹기에만 열중하는 모습이 귀여웠는데, 덕분에 기분이 되살아났다. 사람을 무서워하지 않는 청설모라니! 자연과 사람이 자연스럽게 공생하는 그 도시에서 살아보고 싶다는 생각이 들었다.

그 뒤로도 한참을 혼자 걸었다. 그러다 보니 숲과 호수를 볼 때 느꼈던 순수한 기쁨은 온데간데없어지고, 금방 울적한 마음이 올라왔다.

'나는 왜 혼자 이 길을 걷고 있을까?'

매일같이 새로운 사람을 만나고, 기분 좋게 웃고 떠들고, 금세 작별의 인사를 나누는 길 위의 삶. 격려의 악수, 이별의 포옹을 나누고 서로의 미래를 위해 행운을 빌어주는 사람들을 만나는 일이 따뜻하고 기분 좋게 느껴졌지만, 한편 그 시간이 계속되니 슬픈 마음도 그만큼 커지는 것 같았다. 이 여행이 끝나면 다시 내 자리로 돌아가 단단하게 살아갈 수 있을까?라는 스스로의 물음에, 자신 있게 '그렇다'고 대답할 수 없었다.

한동안 어지러운 생각들을 하던 중, 문장 하나를 떠올렸다.

'좋은 것들로 삶을 채워가고 싶다!'

흔들리지 않고 단단하게 살아갈 수 있나?라는 물음에는 확신에 찬 대답을 할 수 없었다. 하지만 '좋은 것을 채워나가겠다.'라고 생각하니 꽤 긍정적인 기분이 들었다.

여기서 '좋은 것'이란 살아가며 만나는 문제들을 잘 해결할 수 있도록 도와주는 내면의 힘을 길러주는 것, 그리고 내 몸과 마음을 기쁨으로 채워주는 것이라고 정했다. 그렇게 생각하니 긴 거리를 홀로 걷는 이 여행도 나의 몸과 마음을 보다 건강하고 단단하게 만들어주는 '좋은 것'이라는 데 생각이 닿았다. 생각이 정리되자 발밑을 응시하던 시선을 돌려 보다 먼 들판을 바라볼 여유가 생겨났다.

떠들썩한 파티의 다음날 아침.
왠지 쓸쓸한 마음으로 걷던 숲길에서 만난 청설모.
도토리에 집중한 덕분에 그렇게 오래도록
귀여운 모습에 빠져 있었다.

"진, 너도 이 길을 꼭 완주하면 좋겠어.
온갖 악천후와 다양한 어려움을 견디고
순례길을 걸어냈다는 사실은 네가 살아가며
어려움을 마주했을 때, 그 어려움을 네 스스로
해결할 수 있다는 믿음을 줄 거야."

-20-

혼자가 두렵지 않게 되었다

LOGROÑO ▶ NÁJERA

　　로그로뇨에서 나헤라Nájera까지 약 29.4킬로미터를 걸은 날,
제법 잘 닦인 아스팔트 길을 걸었다. 나는 점점 더 혼자 걷는 일
에 익숙해졌고, 혼자라는 사실이 더는 두렵지 않았다. 심심할 때
도 있었지만 오로지 내 컨디션에 맞춰 걸을 수 있어서 좋았다. 스
페인 북부의 이국적인 풍경은 혼자 걷는 지루함을 달래주었다.

　　하지만 그 시간은 그리 오래가지 않았다. 로그로뇨에서
20킬로미터쯤 떨어진 벤토사Ventosa에서 휴식을 갖기 위해 어떤
바에 들렀을 때, 한 아저씨가 말을 걸어왔기 때문이다. 그의 이름
은 아킴. 독일인이지만 독일을 떠난 지 오래되었고, 지금은 아프
리카에 거주하고 있으며 자주 여행을 다닌다고 했다. 네 번째로
산티아고를 걷는다는 그는 알고 보니 60대 중반의 나이였는데,
밝고 기운차 보였다. 우리는 각자의 보카디요와 커피를 시켜 테
이블에 올려두고 한 시간가량 대화를 나눴다. 그는 나와의 대화

가 즐거워 보였고, 가방을 챙겨 일어날 무렵에는 남은 구간을 함께 걷자고 청해왔다.

　나헤라까지 남은 5킬로미터 남짓한 길을 동행하면서 우리의 대화는 주제를 바꿔가며 계속 이어졌다. 그가 북미관계에 대해 나의 의견을 물었을 때는 꽤나 당황스러웠지만, 내가 아는 한도 내에서 열심히 대답했다.
　열띠게 대화를 나누다 보니 금방 나헤라에 도착했다. 마을로 들어가는 길목에서 그는 친구와 저녁 약속이 있다며 그 자리에 나를 초대했다. 저녁 식사 자리에서 내가 무슨 할 말이 있을까 싶었지만, 그와 나눈 '세계 정치(?)와 아프리카 여행' 이야기가 흥미로웠던지라 잠시 망설이다 초대에 응했다.

　내가 머물 숙소는 나헤라의 나헤리야Najerilla 강가에 위치하고 있었다. 알베르게에 짐을 풀고 그날 입었던 옷을 세탁기에 돌려놓은 뒤, 강가에서 차가운 밤바람을 맞으며 휴식을 취했다. 그리고 시간에 맞춰 약속 장소로 향했다. 발이 퉁퉁 붓고 물집이 잡혀서 가는 동안 후회했다. 더욱이 지도 앱까지 약속 장소를 제대로 찾지 못해서 꽤 고생한 끝에야 레스토랑에 도착할 수 있었다.
　그렇게 어렵게 참석한 저녁 식사 자리였지만, 결론만 말하자면 저녁 식사는 즐겁지 않았다. 아킴과 그의 친구는 대화의 70퍼센트 이상을 독일어로 했다. 때때로 내게 영어로 둘의 대화를 짧게 통역했지만, 독일어로 된 그들만의 유쾌한 대화가 무르익어 갈수록 나는 소외되었다. 무안해진 나는 저녁밥을 깨작거리다가 서둘러 숙소로 돌아왔다.

더 우스운 건 다음날 아침 조식 초대에 또 응했다는 것이다. 그간 왼쪽 발의 새끼발가락에 벌써 세 번째 물집이 생겨 고생하고 있었는데, 그 이야기를 들은 아킴의 친구가 자신의 비법이라며 여분의 스타킹을 나눠주었기 때문이다. 게다가 전날 저녁도 얻어먹은 터라 '한국인의 매너를 보여주겠다.'고 생각하며 조식을 사기로 마음먹었다. 하지만 아침 식사 자리 역시 전날 밤과 다를 바가 없었기에, 식사를 한 뒤 재빨리 그 자리에서 빠져나왔다.

새로운 사람을 만나는 일은 언제나 흥미롭지만 그로 인한 피로감도 필연적으로 따라왔다. 그날 나헤라를 빠져나오면서 혼자가 되었다는 사실이 매우 만족스러웠다. 두 독일인 아저씨와의 시간이 유쾌하지 못했기 때문이기도 했고, 한편으로는 '나 자신과 하는 여행'에 온전히 적응한 결과이기도 했다.

21

독일에서 온 모녀와의 만남

NÁJERA ▶ SANTO DOMINGO DE LA CALZADA

다시 혼자가 된 나는 마을의 유적을 두루 경유하여 천천히 마을을 빠져나갔다. 황량한 벌판을 바라보며 한참을 걷다가 잠깐 멈춰 서서 바람막이를 벗어 체온을 조절하기도 하고, 가방을 내려 끈을 다시 조절하며 어깨의 부담을 줄여보려 애쓰기도 했다. 그날은 길 위에 유독 순례자들이 많아 지도를 보지 않고도 방향을 잡을 수 있었다. 앞서 걸어가는 순례자들이 길잡이가 되어주었기 때문이다.

이렇게 혼자 걸을 때면 물집이 주는 고통에 온 신경이 쏠리곤 했다. 하지만 이날은 금방 새로운 대화 상대가 나타났기 때문에 물집이 아닌 영어 단어 떠올리기에 몰두했다.

새로운 만남의 대상은 걸으며 몇 번이나 마주쳤던 독일인 모녀였다. 그 전에는 서로의 존재를 의식하며 걸었다면, 산토도밍고데라칼사다Santo Domingo de la Calzada로 가던 날엔 탐색을 끝내

고 말을 튼 것이다. 엄마인 소냐의 설명에 의하면 그들은 딸 리사의 방학에 맞춰 매년 2주 정도 산티아고 순례길을 걷는다고 했다. 걷기, 풍경 감상 외에는 동행과 대화를 나누는 일밖에 할 것이 없는 이 길을 엄마와 단 둘이 걷는 것은 어떤 느낌일까? 나는 소냐보다는 리사의 입장에 좀더 가까웠기에, 엄마와 매년 순례길에 오는 리사가 부러웠다.

고등학생인 리사는 나에게 쉼 없이 질문을 했다. 그녀는 졸업을 앞두고 진로에 대한 고민이 많아 보였는데, 내게 일을 쉬고 이 길로 떠나온 이유와 한국 학생들의 삶에 대해서 물었다.

리사는 내게, "한국의 교육열이 엄청나다고 들었는데, 정말 그래요?" 하고 물었다. 나는 우리나라 사교육 상황을 설명해주고, 좋은 대학에 진학하기 위한 경쟁이 높은 편이라고 대답해주었다. 그러자 리사와 소냐도 독일의 교육, 취업 시장 등의 상황을 설명해주었다. 독일도 한국과 같은 고학력 추구, 사교육 시장 성행, 사무직에 인력이 집중되는 현상, 직장인들의 번아웃 문제가 날이 갈수록 심각해지고 있다고 했다. 그 외에도 출산율 저하와 고령화 문제, 아이들의 놀이 문화가 사라지는 현상 등에 대해 설명해주었다.

나는 북유럽의 교육 정책이나 독일의 직업 정책 등에 대한 다큐멘터리를 보며 그들은 사교육이나 특정 직업에 대한 맹목적인 선호 등이 없을 줄 알았다. 그러면서도 한편으론 평소 이상적 사회라고 생각했던 북유럽과 몇몇 부유한 서유럽 국가들도 한국 사회와 같은 문제를 안고 있다는 사실에 어쩐지 안도하는 마음이 들었다.

리사와 소냐는 그날 밤 내가 묵기로 한 알베르게에서 머물겠다고 했다. 두 모녀는 나를 저녁 식사 자리에 초대해주었고, 우리는 낮의 대화를 저녁까지 이어 할 수 있었다. 대화 주제는 남북통일, 그리고 세계화로 인한 경쟁의 심화, 영어의 필요성 등으로 이어졌다. 소냐는 특히 한국의 '통일' 문제에도 관심이 많았는데, 서독과 동독의 통일 과정과 이후 독일 사회가 겪게 된 문제점들을 내게 설명해주었다. 그럼에도 남북이 꼭 평화롭게 통일될 것이라고 진심을 담아 얘기했다.

오늘 처음 만난 사람들과 이렇게 수많은 주제로 공감대를 형성하며 대화를 할 수 있다니… 두 사람과 대화를 나눈 일이 내게는 꽤 놀라운 경험이었는데, 내가 정말 '지구촌'에 사는구나! 하고 실감할 수 있었기 때문이다. 우리는 정도는 다를 뿐 같은 흐름의 물살 속에 몸을 담고 살아가고 있었다.

22

길 위에서 배운 세 가지 깨달음

SANTO DOMINGO DE LA CALZADA ▶ BELORADO

혼자 길을 걷다가 멀리 한 무리의 순례객들이 모여 있는 모습을 보았다. 뭐가 그리 좋은지 깔깔대며 웃던 그들은 내가 가까이 다가가자 "부엔 카미노!" 하며 활기차게 인사를 건네왔다. 그리고 잠깐 쉬다 가라며 갓 만든 샌드위치를 권했다.

오전 내내 걸으며 다소 지쳐 있던 참이라 기쁜 마음으로 샌드위치를 받아들었다. 샌드위치는 스페인 카나리아 제도에 위치한 그린카나리아 섬에서 온 다빗과 카트린 부부가 준비한 것이었다. 길 위에서 만난 낯선 사람들을 위해 배낭 속 간식을 나누는 마음이 참 예쁘게 느껴졌다.

샌드위치를 먹는 동안 우리는 금세 친해졌다. 그리고 그날의 목적지인 벨로라도Belorado까지 함께 걷게 되었다. 이 동행을 통해 나는 세 가지 깨달음을 얻었다.

첫 번째로 산티아고 순례길을 걷는 시간은 나를 더욱 강하게 만들어줄 것이다.

그렇게 생각한 이유는 함께 걸었던 다빗의 이야기 때문이었다. 다빗은 몇 년 전 혼자 순례길을 걸었고, 결혼한 뒤 아내인 카트린과 함께 두 번째로 이 길을 찾았다고 했다. 나는 다빗에게 농담 반 진담 반으로 물었다.

"한창 신혼에 아내까지 끌어들여서 이 힘든 여행을 왜 두 번씩이나 하는 거야?"

그랬더니 그가 이렇게 대답했다.

"예전에 나 혼자 800킬로미터를 완주했을 때 말이야. 여행을 끝내고 일상으로 돌아가서 때때로 어려움을 마주했을 때 '카미노도 걸었는데 이걸 못하겠어?' 하는 마음이 드는 거야. 이 경험이 내게 '뭐든 할 수 있다'는 자신감을 줬더라고. 그래서 인생의 동반자인 아내가 생기면 꼭 함께 이 길을 다시 걸어보고 싶었어."

그리고 덧붙여 말했다.

"진, 너도 이 길을 꼭 완주하면 좋겠어. 온갖 악천후와 다양한 어려움을 견디고 순례길을 걸어냈다는 사실은 네가 살아가며 어려움을 마주했을 때, 그 어려움을 네 스스로 해결할 수 있다는 믿음을 줄 거야."

그의 말을 들으니 우리가 산티아고를 걸으며 각자의 내면을 더욱 단단하게 만들고 있다는 생각이 들었다.

두 번째로, 힘들 때는 '한 번 더!'를 외치자.

일행 중 한 명인 멕시코에서 온 에드가는 전날 60킬로미터를 걸었다. 대부분의 순례자는 보통 하루에 20~40킬로미터 정도를 걷기 때문에 60킬로미터는 정말 입이 딱 벌어지는 놀라운 거리였다. 어떻게 그럴 수 있었냐는 나의 질문에 그가 대답했다.

"비결은 원 모어야!"

한 걸음만 더 가자고 생각했다고 한다. 1미터만 더, 이 다음 마을까지만 더 가보자고 생각하며 걷다 보니 60킬로미터를 걷게 되었다고 했다. 나는 그가 가진 끈기와 근성이 내게도 있는지 자문했다. 앞으로 살아가며 끈기 있게 이뤄내야 할 일이 있다면 '원 모어!'를 외치자 다짐했다. (물론, 몸을 상할 만큼 무리하는 것은 어리석은 일이라는 사실도 기억해야겠지만!)

세 번째는 여행을 좋아한다면 스페인어를 배워보자.

알고 보니 함께 걸은 여섯 명의 친구들은 모두 스페인어를 할 수 있었다. 걷는 동안 그들은 나를 위해 영어로 말하기도 했지만, 스페인어로도 많은 말을 주고받았기 때문에 군중 속 고독을 느끼기도 했다. 전 세계적으로 사용 인구 수가 많은 언어 중 하나라는 스페인어의 위력을 새삼 깨닫게 되었다.

23

어떤 자유의 느낌

BELORADO ▶ AGÉS

비가 왔다. 그간 약한 비가 내렸다가 금세 그치길 반복한 날
은 많았으나 하루 종일 비가 온 날은 없었다. 듣기만 하던 '비 오
는 카미노'를 만나게 된 것이다. 이른 아침 대다수의 순례자가 알
베르게를 떠난 뒤 느지막하게 혼자 길을 나선 탓에 먼저 간 이들
을 따라잡지 못하고 내내 혼자 걸었다. 하늘에는 구름이 가득했
고, 세찬 빗방울과 바람이 온몸을 강타했다.

'다른 사람들도 이 빗속에서 걷고 있는 게 맞나?' '나만 혼자
걷고 있는 건 아니야?' 하는 두려운 마음도 들었다. 길 양옆의 나
무들이 뽑힐 듯 바람 속에서 춤을 췄다. 길 위에는 나를 제외한
단 한 명의 사람도 보이지 않았다.

강력한 바람이 계속해서 불어왔다. 휴대폰으로 확인한 날씨
정보에는 평균 풍속이 시간당 36킬로미터라고 적혀 있었다. 바람
을 막아설 것이 아무것도 없는 지리적 여건 때문인지 마치 한국

111

에서 태풍이 올 때나 불 법한 바람처럼 느껴졌다. 덕분에 물건이라도 날아와서 머리를 맞는 것은 아닐까 하는 생각이 떠나질 않았다. 험한 날씨에, 그것도 혼자서, 언제 끝날지 모르는 드넓은 벌판 사이를 걷는 일은 생각보다 더 공포스러웠다. 자꾸만 멈추고 싶은 마음이 들었지만, 쉴 만한 곳은 그 어디에도 보이지 않았다. 스스로 마음을 다잡는 수밖에 없었다.

'이 여행은 나 스스로 결정해서 떠나왔어. 누가 시킨 게 아니라 내가 나 자신에게 도전하고 싶어서 온 거야. 불평하지 말고 오늘 목표한 만큼 걷자. 이 모든 고생에 대한 피드백은 800킬로미터의 여정을 마친 뒤 알게 될 거야.'

그렇게 한참 동안 비바람을 온몸으로 맞으며 한 걸음 한 걸음 떼는 일에만 집중했다. 어느 정도 바람이 잦아진 이후에는 정수리를 두드리는 빗방울의 리듬처럼 빠르고 경쾌한 음악을 들으며 걸었다. 한번은 안개가 자욱하게 긴 가운데, 맞은편에서 한 남자가 짙은 초록색 우비를 뒤집어쓰고 걸어왔다. 어찌나 무서웠던지! 두려움을 감추고 침착하게 걷느라 진땀을 빼기도 했다.

롤러코스터를 시작으로 제이레빗, 장기하, 나일, H.O.T. 등의 음악을 크게 따라 불렀다. 드넓은 벌판 사이로 길게 뻗은 길 위를 지나는 사람은 나밖에 없었고, 세찬 비바람 소리로 인해 내가 아무리 크게 노래를 불러도 들을 사람이 없다는 사실이, 우습지

만 어떤 자유의 느낌을 선사했다.

　그렇게 투쟁하듯 한참을 걷다가 빗방울이 조금씩 약해질 즈음에야 산후안데오르테가San Juan de Ortega의 어느 바에 도착했다. 온몸에 쩍 달라붙은 우비를 벗고, 따뜻한 건물 안에 들어서서 굳은 몸을 녹였다. 뜨거운 카페 콘 레체Café con leche(우유를 넣은 커피) 한 잔에 설탕 두 스푼을 넣어 지친 몸에 당분을 충전했다. 그렇게 잠시 쉬다 보니 천천히 하늘이 밝아지고 비가 개었다.

우비를 잘 개어 파우치에 넣고 가방에 매달았다. 배를 채우고 다리를 충분히 쉬게 한 뒤 보다 가뿐한 마음으로 바를 나서니, 비가 갠 뒤의 아름다운 풍경이 눈을 사로잡았다. 하늘과 맞닿은 듯한 넓은 들판, 멀리서 돌아가는 풍력 발전기와 두터운 구름이 만들어낸 그림자의 풍경에 마음이 금세 즐거워졌다. 그 아름다운 풍경을 보자 이 모든 고생이 끝난 뒤, 한국에서 다시 시작한 일상에 달라진 것이 하나도 없다고 해도, 후회하지 않을 것만 같았다. 이 멋진 기억을 안고 살아갈 수 있다는 사실 하나만으로도 충분하다는 생각에 마음이 벅차올랐다.

그날 저녁, 지칠 대로 지쳐 간신히 찾아간 아헤스Agés의 알베르게에서 보고 싶었던 여러 친구들과 재회했다. 카트린, 다빗, 에드가, 소냐, 리사 등등이 이미 그곳에 도착해 쉬고 있었다. 카미노를 걷는 사람들은 '어디에 머물지', 또 '얼마나 걸을지' 서로 상의하지 않기에 그들과의 예기치 않은 만남은 또 하나의 기쁨이 되었다.

밤에는 친구들과 함께 식사를 하며 초록 우비를 입은 남자를 만난 일과, 비가 갠 뒤의 아름다웠던 풍경에 대해 실컷 떠들어 댔다. 내가 겪은 모든 시련이 또 하나의 무용담으로 변했고, 그렇게 또 하루가 무사히 저물고 있었다.

24

퉁퉁 부은 발도 잊혀질 만큼

AGÉS ▶ BURGOS

소냐, 리사, 루디와 함께 아침을 먹고, 오전 10시경에 알베르게에서 나섰다. 조식을 함께한 넷이 나란히 걷게 되었고, 별일이 없다면 함께 부르고스에 도착할 예정이었다.

아헤스 다음 마을인 오르바네하Orbaneja까지는 쾌적한 작은 오솔길과 울퉁불퉁한 산길이 이어졌다. 독일 출신에 연배가 비슷한 루디와 소냐가 나란히 앞서 걸으며 독일어로 대화를 나눴다. 나는 리사와 함께 걸으며 그 뒤를 쫓았다. 평탄한 길을 지나 십자가가 나오는 아타푸에르카 산맥Sierra de Atapuerca에 위치한 언덕의 정상부에 다다르기 전 수십 마리의 양떼와 양치기를 만났다. 풀어놓은 양떼들이 손만 뻗으면 닿을 거리에 있었는데, 나도 양들도 서로를 무서워하지 않는다는 사실이 좀 우스웠다. 도시에서는 길고양이나 비둘기가 '불청객'처럼 간주되곤 하는데, 이곳에 있으니 양들의 땅에 내가 몰래 들어온 것만 같았다.

언덕 정상에 오르니 돌무더기 사이에 십자가가 세워져 있고, 그 주위에는 흰 돌로 동심원이 그려져 있었다. 루디가 동심원은 악령을 물리치기 위한 표시라고 설명해줬다. 스페인에서는 정말 많은 십자가를 만났는데, 동심원 덕분인지 그 언덕은 마치 외계 생물과 접선을 하기 위한 제단이었을지도 모르겠다는 상상을 불러일으켰다.

언덕을 내려온 뒤에는 줄곧 큰 도로의 갓길로 걸어야 했다. 강한 햇살이 쏟아지고 바람까지 세차게 불어 곧 모두 조용히 걷는 일에만 집중하게 되었다. 쉴 만한 카페 하나 찾을 수 없는 그 삭막한 길에서, 소냐가 대열의 앞에서 쉬지 않고 걸었기 때문에 나도 덩달아 함께 걸어야 했다.

다행히 카스타냐레스Castanares 마을의 어귀에서 식당을 발견해 점심을 먹을 수 있었다. 그날 점심은 소냐가 내 몫까지 계산을 해주었다. 외국인들은 더치페이를 선호하고 한국의 한턱내는 문화를 이상하게 생각한다고 들었는데, 길 위에서 만난 친구들은 내가 들은 것과는 다른 부분이 많았다.

식당을 나선 뒤 얼마 지나지 않아 길 위에서 루디를 다시 만났다. 부르고스에 도착하자 그는 아킴을 만나기로 한 호텔로 떠났고, 나는 소냐와 리사와 함께 부르고스 대성당 옆에 위치한 공립 알베르게로 향했다.

그날 밤은 모녀가 산티아고에서 보내는 마지막 밤이었다. 우리는 함께 좋은 레스토랑을 찾아 식사를 하기로 했고, 저녁 식사가 끝날 즈음에는 루디와 아킴도 합류했다. 하루의 여정을 끝내고 둘러앉은 우리는 와인과 맛있는 음식을 즐기며 이야기를 나눴다. 그 순간이 어찌나 좋았던지 알베르게의 통금 시각인 10시가 가까워오는데도 다들 자리에 앉아 있었다. 덕분에 식당에서 숙소까지 미친 듯이 달려가야 했다.

나는 양 새끼발가락에 겹겹이 물집이 생긴 데다가 퉁퉁 부은 발 때문에 조리를 신고 있었는데, 그 상태로 어두운 구시가지의 밤거리를 내달렸다. 마치 자율학습 시간에 담을 넘어 신나게 놀고, 다시 학교로 돌아가는 십대 아이들처럼 숨넘어가게 웃으며 말이다.

25

부르고스 관광의 날

BURGOS ▶ TARJADOS

다음날 오전 8시. 부르고스의 알베르게에서 퇴실한 후 아침 식사를 위해 소냐와 리사, 그리고 알베르게에서 다시 만난 알리샤와 함께 숙소 앞 바로 향했다. 이른 시간이었지만 순례자가 많이 다니는 길목에 위치한 가게답게, 아침 식사를 하거나 음료를 테이크아웃 하는 손님들로 활기를 띠었다.

가랑비가 내리는 축축한 날씨라 우리 일행은 실내에 자리를 잡고, 뜨거운 커피와 차가운 오렌지주스, 바삭하게 구운 크루아상과 바나나 등으로 만든 데사유노Desayuno (아침 식사)를 먹었다. 리사와 소냐의 비행 일정을 고려해 마지막 작별 인사를 나눴고, 바로 다음 마을로 떠날 예정이었던 알리샤와도 헤어졌다.

다시 혼자가 된 나는 본격적인 부르고스 관광에 나섰다. 가장 먼저 찾은 곳은 부르고스 대성당. 먼저 인터넷 검색으로 성당에 대한 정보를 찾아봤다. 알고 보니 세비야 대성당, 톨레도 대성당과 함께 스페인 3대 성당으로 손꼽히는 곳으로, 유네스코 세계문화유산으로도 등재된 곳이었다. 또한 '고딕식 대성당의 빼어난 사례'라고 설명하고 있었다. 그러고 보니 성당 외관이 프랑스 파리에 있는 노트르담 성당과 비슷해 보였다. 하늘 높이 솟아오른 첨탑이나 삼각형의 지붕, 매끈한 외벽의 심플한 느낌이 닮아 있었다.

　적당히 정보를 찾아본 뒤에 거대한 성당의 외관을 눈으로 한번 훑고, 성당으로 들어갔다. 내부에는 섬세하고 화려한 실내 장식과 여러 가지 조형물들로 볼거리가 가득했다. 전날 성당 진입로에 있던 '산타마리아 문'을 지날 때 봤던 성모 마리아와 천사, 부르고스의 영웅들 같은 섬세하고 다양한 표정을 가진 성상들을 가까운 거리에서 감상할 수 있었다. 조각 이외에도 성경의 이야기를 담은 성화와 성가대석, 제단 장식, 스테인드글라스, 묘지 등 구경거리가 넘쳐났다. 거대한 규모의 성당과 그 속에 빼곡하게 들어찬 유물들을 보다 보니, 과거 스페인 영토에 살던 사람들의 종교에 대한 열정이 정말 놀랍다는 생각도 들었다.

　또한 부르고스 대성당은 스페인의 영웅이라 불리는 엘시드 El Cid의 묘지가 있는 곳으로도 유명했다. 엘시드는 11세기 이베리아 반도(포르투갈, 스페인 등이 위치한 유럽 서남단의 반도)에서 가톨

릭 왕국들과 이슬람 세력이 대치할 때 크게 활약한 무장으로, 기독교인들 뿐만 아니라 아랍인들 사이에서도 칭송받았던 인물이라고 한다. 어쩌면 스페인 사람들에게 '이순신 장군'처럼 오래 기억되는 영웅이 아닐까 추측해봤다.

대성당 관람 후에는 부르고스 박물관Museo de brugos을 찾았다. 박물관에는 부르고스 지역의 오래된 미술품과 그 지역에서 출토된 다양한 유물들이 전시되어 있었다. 그전까지는 카미노에서 만난 유적 대부분이 종교적 색채가 짙었는데, 이 박물관에서 만난 전시물 중에는 선사시대나 중세시대의 작고 귀여운 토기, 포도와 나뭇잎, 동물 등이 새겨진 벽면 조각이 전시되어 있어 흥미로웠다.

그렇게 연이어 두 개의 박물관을 구경한 뒤에는 간식을 사 먹었다. 큰 규모의 도시답게 크고 맛있어 보이는 베이커리가 많았는데, '빵순이'인 내가 그냥 지나칠 수는 없는 노릇이었다. 달달한 빵과 커피로 출출함을 달랜 뒤에 발길 닿는 대로 거리를 활보했다. 그렇게 관광객의 자세로 자유를 만끽하다가 오후 3시가 다 되어서야 다음 여정을 위해 배낭을 짊어졌다.

도시를 떠날 때쯤, 부르고스에 머물던 루디에게서 문자를 받았다. 그는 늦은 오후에 다른 도시로 간다는 내게, 이왕 늦었으니 하루 푹 쉬고 내일 출발하는 건 어떻겠냐고 물었다. 하지만 나는 조금이라도 더 걸은 후 하루를 마무리하고 싶었으므로 다음 마을로 떠나기로 결정했다. 하루를 쉬는 일이 너무 아깝게 느껴졌다.

목표 지점인 타르하도스Tarjados까지는 약 11킬로미터 정도 떨어져 있었다. 부르고스는 꽤 큰 도시라 도심에서 외곽까지 빠져나가는 데만도 꽤 긴 거리를 걸어야 했다. 도시를 완전히 빠져나온 후에도 한참을 지는 해를 벗 삼아 걸었다. 사실 그날은 걷는 내내 후회했다. 걷기 시작한 지 얼마 지나지 않아 내가 이미 많이 지쳤다는 것을 깨달았기 때문이다. 하지만 이미 걸어온 거리가 제법 되어 되돌아가는 것도 엄두가 나지 않았다.

결국 스스로를 재촉해댄 자신을 원망하며 어둠이 내릴 때까지 걷고 쉬기를 반복한 뒤에야 타르하도스의 알베르게에 도착할 수 있었다.

26

나를 구원해줄 사람

TARJADOS ▶ HONTANAS

힘든 하루였다. 타르하도스에서 조식을 먹고 걷기 시작할 때까지만 해도 무난한 하루를 예상했는데 말이다.

일찍 바를 나선 나는 얼마 되지 않아 메세타Meseta 구간을 만났다. 메세타는 평균 고도가 660미터인 평탄한 고원지대로, 끝없는 농경지 또는 황무지가 펼쳐지는 곳이다. 책자에는 '해가 뜨는 날에는 그늘이 없으니 햇볕으로부터 잘 보호하라.'는 주의가 적혀 있었다. 다만 내 경우엔 '햇볕'이 아니라 '비바람'이 더 큰 문제가 되었다. 광활한 농지가 펼쳐져 있다는 말은 주변에 바람을 막아주는 건물이나 나무가 없다는 뜻이었는데, 덕분에 굵은 빗방울이 강한 바람에 실려 사선으로 떨어지며 온몸을 강타했다.

처음 비가 올 때까지만 해도 날씨보다는 발가락의 고통에 더 집중해서 길을 걸었다. 하지만 시간이 지나자 바람에 맞서 걷느라 발목에 통증이 생겨 신경이 발목에 집중되었다. 그렇게 발가락에서 다리로, 점차 확장되는 신체의 고통을 느끼며 폭포수 아래 앉은 수도승이 된 심정으로 터덜터덜 걸었다. 금방이라도 주저앉고 싶었지만 메세타에는 쉴 만한 구간이나 비를 막아줄 만한 건물 따위가 전혀 없었다. 눈앞의 텅 빈 들판을 바라보다가 문득 이것이 꼭 통과해야만 하는 어려움이라면, 그리고 비가 멈출 때까지 기다릴 것이 아니라면, 어떻게든 이 비바람을 통과해야 한다는 데 생각이 미쳤다.

메세타에서 만난 비바람은 도심에서 겪는 그것과는 차원이 달랐다. 때문에 적당한 방수 기능을 가지고 있던 신발의 발목 부분이 금세 축축하게 젖어왔고, 우비와 가방 덮개 등이 바람에 날려 쉼없이 펄럭거렸다. 설상가상으로 굵은 빗방울이 세차게 떨어져 시야 확보가 어려웠고, 길은 진창으로 변해 미끄러지지 않도록 주의해야 했다.

사람들이 빠르게 나를 지나쳐 갔다. 그렇게 스쳐가는 사람들의 뒷모습을 멍하니 바라보며 천천히 걸었다. 도저히 그들만큼 빠른 속도로 메세타를 벗어날 자신이 없었다. 평소 같으면 멈춰서 말을 걸어줬을 것 같은 사람들이 지금은 모두 제 길 가기에 바쁘다는 사실도 왠지 쓸쓸하게 느껴졌다. 나는 이어폰을 꽂고 빠른 템포의 노래를 들으며 느릿느릿 나아갔다. 걷지 않으면 그 속에서 나를 벗어나게 해줄 사람이 없다는 사실을 꾸준히 스스로에게 상기시켰다. 그렇게 걸어야만 나는 다시 휴식을 취할 수 있고, 목표로 한 산티아고에도 다다를 수 있을 터였다.

힘겹게 온타나스Hontanas에 도착했다. 그날 온타나스에는 문을 연 알베르게가 딱 한 곳밖에 없었다. 선택의 여지없이 그 알베르게로 들어갔다. 드디어 휴식을 취할 수 있는 숙소에 들어선 것이다. 하지만 알베르게의 오스피탈레로는 온통 젖어버린 나를 한참 세워두고 먼저 온 이들의 체크인을 진행하며 긴 수다를 떨었다. 덕분에 카운터 뒤편에 선 나는 덜덜 떨며 숙소로 안내되길 기다려야만 했다.

숙소의 시설 또한 그리 좋지 못했다. 하지만 비바람 속에서 떨지 않아도 된다는 사실만으로도 충분히 기뻤기 때문에 시설은 개의치 않았다. 침대를 배정받은 후에 잘 마른 옷으로 갈아입고, 축축하게 젖은 신발에 신문을 구겨 넣은 뒤 식당으로 향했다.

그날 저녁은 온타나스 알베르게에 묵는 모든 이들이 함께 식사를 했다. 동네에 문을 연 다른 식당도 없고 날도 흐렸기 때문에 알베르게에서 제공하는 순례자 메뉴를 먹게 된 것이었다. 따뜻한 스프가 뱃속에 들어가자 굳었던 몸이 노곤하게 풀리는 기분이 들었다. 큰 테이블에 둘러앉은 사람들은 와인을 서로의 잔에 부딪치며 하루의 여정을 마무리한 것을 축하했다.

식사 후에는 대부분 자신의 침대 위에서 휴식을 취했다. 오십 대 후반으로 보이는 미국인 세나는 이탈리아에서 온 애나와 독일인으로 보이는 여자아이와 함께 영어로 끝말잇기를 시작했다. 몇몇 사람들은 그들을 구경하거나 훈수를 뒀다.

거친 비바람을 뚫고 온타나스에 모였기에 알베르게에 있는 사람들은 어떤 동질감을 느끼는 듯했다. 좋은 난방시설이나 깨끗한 침구가 갖춰지지 않은 낡은 숙소였지만, 힘든 하루였기에 그 누구도 불평하는 이가 없었다. 우리는 그저 무사히 이곳에 도착했음에, 그리고 고된 하루의 끝에 갖게 된 온전한 쉼에 그저 감사할 뿐이었다.

— 27 —

바람과 사투를 벌이는 이유

HONTANAS ▶ FRÓMISTA

온타나스의 알베르게는 7시 30분에 조식을 제공했다. 덕분에 숙소의 모든 이들이 6시 전후로 깨어났고, 나 또한 6시 30분쯤 눈을 떴다. 다음 목적지인 프로미스타Frómista는 숙소가 적고, 침대가 넉넉하지 않을 거라는 소문이 돌았기 때문에 다들 일찌감치 짐을 챙겨 길을 나섰다. 축축하게 젖은 신발이 전날의 끔찍했던 날씨를 되새겨주었지만 걸을 수 있다는 사실이 어쩐지 기뻤다.

기분 좋게 이테로데라베가Itero de la Vega 마을을 지날 때였다. 마을 초입으로 들어서는데 내 앞에서 걷던 순례자가 나를 발견하고는 손가락으로 주차된 차 한 대를 가리켰다. 별생각 없이 자동차 가까이 다가가니 한 남자가 운전석에 앉아 있었다. 그는 순례자 여권에 찍을 수 있는 스탬프를 가지고 있었는데, 내게 자꾸만 스탬프를 찍어줄 테니 여권을 보여달라고 했다. 스탬프는 보통 인증된 알베르게나 바Bar 등의 일부 시설에서 찍을 수 있는데,

길 위에서 만난 사람이 도장을 찍어주다니… 의아한 마음이 들었다.

아니나 다를까. 그는 도장을 찍자마자 보조석에 놓인 성의 없이 깎은 나무 조각 인형을 내밀며 '기부!' 하고 외쳤다. 어디를 가나 바가지는 존재하고, 여행지에서 관광객은 늘 표적이 되기 십상이지만… 그래도 멀쩡한 자동차까지 가진 사람이 이렇게 멀쩡하지 않은 물건과, 귀한 순례자 스탬프를 가지고 여행객을 속여 돈을 벌다니! 너무나도 불쾌했지만 이미 도장도 찍어버렸고, 이상한 조각까지 손에 쥐었기에 나는 동전 몇 개를 바구니에 넣을 수밖에 없었다.

그 불쾌한 경험에 이어 다시 메세타 구간을 만났다. 바람과의 대결이 또 시작된 것이었다. 매서운 바람을 마주하고 걸으며 나는 '해님과 바람'에 대한 전래동화를 생각했다. 강하고 차가운 바람은 나그네의 옷을 벗기지 못하지만, 해님은 따스한 햇살을 비춰 나그네의 외투를 벗기고 대결에서 이겼다는 이야기 말이다. 나는 마음속으로 '어디 얼마나 센지 두고 보자! 나는 아무것도 벗지 않을 테니까!' 하는 오기로 메세타를 걸었다.

누군가 내게, 돈을 줄 테니 카미노를 걸으라고 했다면 걷는 내내 그 사람을 상대로 욕을 한 바가지는 했을 것 같다. 그렇게

바람과 온갖 신경전을 벌이며 9시간 정도를 길 위에서 보낸 끝에 저녁 무렵에는 프로미스타에 도착할 수 있었다.

　아무도 내게 더 걷거나 덜 걸으라고 말하지 않는 곳, 그곳에서 '한 걸음만 더'를 우기며 매일 걸었던 이유는 내가 걷기로 선택했기 때문이다. 그리고 깨달았다. 이것이 바로 '선택한 삶을 살아야 하는 이유'라는 것을.

28

매일 삶의 태도를 배우는 곳

FRÓMISTA

프로미스타의 알베르게에는 벨기에인 한스, 이탈리아인 베니와 애나, 영국인 나탈리, 그리고 멕시코인 에드가가 이미 도착해서 휴식을 취하고 있었다. 작은 사설 알베르게였기 때문에 나까지 6명이 짐을 풀자 알베르게의 침대가 가득 찼다.

그날 밤 한스가 요리를 자청했다. 덕분에 우리는 함께 장을 보고 요리를 만들며 화기애애한 시간을 보낼 수 있었다. 한스는 우리의 메인 셰프였고, 우리는 모두 보조를 자처하며 꽤 근사한 저녁을 만들어냈다. 직접 요리를 하고 함께 먹는 순간은 늘 큰 즐거움이었는데, 타인을 위해 기꺼이 요리를 하는 누군가가 있다는 사실이 새삼 감사하게 느껴졌다.

다음날 아침엔 7시 30분까지 1층 식탁에 모여 함께 아침을 먹었다. 지금 생각해보면 조식은 전날 밤 우리가 모은 돈으로 산 것들로 차려져 있었는데(요구르트와 토스트, 잼, 우유와 계란 프라이

등), 영문을 몰랐던 나는 왠지 수저만 얹은 기분이 들어 쭈뼛거려졌다. 그때 문득, 전날 저녁 식사 자리에서 애나에게 한스가 했던 말이 떠올랐다.

"너무 예의 차리지 않아도 괜찮아!"

애나가 배가 부른데도 남기는 것을 주저하자 한스가 했던 말이었다. 사실 애나처럼 나에게도 양이 많았지만 내게 할당된 음식을 모두 먹었다. 한스는 그런 우리에게, "너희를 위해 준비한 것이니 원하면 먹고, 원하지 않으면 그만 먹어도 된다."며 "자신을 기준으로 자유롭게 행동해."라고 말했다.

숙소에서 순례자를 위해 무료로 제공하는 다과를 서슴없이 먹고, 식료품을 편히 사용했던 베티나 나탈리, 그리고 한스의 태도가 떠올랐다. 타인에게 피해가 되지 않는 선에서 자신에게 주어진 것들을 눈치 보지 않고 누리는, 시원시원한 그들의 태도가 부러웠다.

이 '눈치 보는 태도'에 대한 생각은 전날 밤 한스와 나눈 대화를 떠올리게도 했다. 전날 한스가 "진, 너도 요리를 할줄 아니?" 하고 물었는데, 나는 "여긴 한국식 소스가 없어서 요리하기가 어려워." 하고 대답했다. 다시 생각하니 '한국식 소스가 없다.'는 것은 '핑계'였다. 나는 요리를 꽤 쉽게 해내는 편인데, 그저 내가 한 요리가 다른 나라에서 온 이방인들에게 맛있지 않을까봐 걱정했던 것이다. 아직 하지도 않은 요리에 대한 타인의 반응을 생각하며 지레 위축되다니!

생각해보면 한스도 자신의 요리를 사람들이 맛있게 먹을지, 어떨지 조금 걱정하고 있었던 것 같다. 그는 음식을 먹는 우리를 주의 깊게 살폈고, 맛있다며 신나게 먹는 것을 보고는 크게 웃음 지었다. 기쁨과 안도가 섞인 표정이었다.

프로미스타 알베르게에서의 두 번의 식사를 통해 내가 느낀 것은 바로 이것이었다. 타인의 눈치를 보거나, 이미 오지도 않은 미래까지 걱정하며 쭈뼛거리지 말 것. 내게 주어진 권리는 당당하게 누리되, 타인의 선의로 혜택을 받았다면 나도 누군가를 위해 혜택을 베풀 수 있는 사람이 되도록 노력할 것.

29

치유의 길 카미노

CARRIÓN DE LOS CONDES ▶ TERRADILLOS DE LOS TEMPLARIOS

카리온데로스콘데스Carrión de los Condes의 알베르게에서 시작한 아침. 같은 방에 묵었던 사람들 대부분은 서둘러 짐을 챙겨 방을 빠져나가고 있었다. 나는 그 부산스러운 분위기 속에서 천천히 일어나 침낭을 정리하고 가방을 쌌다. 세면과 짐 정리가 끝난 뒤에 1층 주방으로 내려가 간단히 아침을 챙겨 먹었다. 점심밥으로 먹을 보카디요를 만든 뒤 하루 동안 걸어야 할 구간을 체크했다. 순례길을 걸은 지 18일 차. 처음의 긴장감은 어디론가 사라지고, 나는 어느새 꽤 많이 느긋해져 있었다. 남들보다 좀더 천천히 출발한다고 해도 어차피 하루 동안 걸어야 할 양은 정해져 있고, 비수기라 알베르게의 빈 침대를 구하는 데도 큰 어려움이 없었기 때문이었다.

하지만 그날 아침, 배낭을 짊어진 지 얼마 되지 않아 느긋했던 마음이 곧 초조함으로 바뀌었다. 도심에서 길을 잃었기 때문이다. 전날 알베르게에 도착한 후 식료품을 사고 알리샤와 저녁을 먹고 공원 산책 등의 일과를 보내며 동네에 제법 익숙해졌다고 생각해서 꽤 자신만만하게 숙소를 나섰다. 그러나 카미노로 향하는 노란 화살표는 쉽사리 눈앞에 나타나지 않았다. 그렇게 한참을 헤매다 보니 안 그래도 다른 이들보다 늦게 나섰는데 먼저 간 사람들과 더 큰 간격이 벌어지는 것 같아 마음이 불안했다. 8시가 조금 넘은 시각에 알베르게에서 빠져나온 나는 9시가 가까워서야 도심을 온전히 빠져나올 수 있었다.

길을 찾은 후에는 곧 광활한 평야지대를 만났다. 전날 같은 방을 썼던 친구가 "내일은 17킬로미터 정도 되는 메세타 같은 길을 걷게 된대. 오늘은 잘 쉬어두는 게 좋을 거야." 하고 조언했었는데, 바로 그 쭉 뻗은 직선 길이 시작된 것이다. 실제로 길 위에는 쉬어갈 만한 마을도 없었거니와, 잠시 숨을 돌릴 그늘을 찾기도 어려웠다. 다른 이들보다 늦게 걷기 시작해서인지 걷는 동안 다른 여행자도 거의 만나지 못했다. 내 뒤에서 걸어오던 몇몇 사람들마저 빠르게 나를 스쳐 지나갔기에 오랫동안 혼자 걸어야 했다.

크고 풍성한 구름들이 파란 하늘을 가득 뒤덮고 있는 가운데, 길 양옆으로 드넓게 펼쳐진 밀밭에서는 밀싹이 자라나 대지를 초록빛으로 물들이고 있었다. 가끔씩 날아다니는 새들과 양쪽 갓길에 들쑥날쑥 서 있는 작은 나무들이 고요한 길에 생동감을 더했다. 눈에 거슬릴 것 하나 없는 그 길은 정말 아름다웠다. 문제는 '끊임없이'였다. 도시의 고속도로처럼 쭉 뻗은 길이 계속되자 정신이 몽롱해지는 듯한 기분이 들었다. 어느 순간부터는 '누구를 만나게 될까', '무엇을 보게 될까' 하는 기대조차 하지 않고 무념무상의 마음으로 걸었다.

그렇게 지루한 마음을 달래며 걷다 보니, 이번엔 몸이 고통을 호소해왔다. 평야 구간이었지만 높은 고도에 위치한 '메세타 고원'의 바람과 같은 강한 바람이 불어왔다. 바람에 맞서 한참을 쉬지 않고 걷다 보니 왼쪽 다리 뒤편이 당기듯 아파왔다. 다리에 부담을 덜고자 등산 스틱을 펴 스틱 두 개와 두 발로 걷기 시작했다.

하지만 불행은 이것으로 끝나지 않았다. 조금 더 걷다 보니 이번엔 먹구름이 몰려와 작은 얼음 알갱이를 사정없이 쏟아부었다. 걸음을 멈추고 가방에서 주섬주섬 우비를 꺼내 입었다. 강한 바람과 빗방울에 더해 우박까지 내리다니! 마음도 약해지고 몸도 아픈데 날씨까지 돕지 않으니 서러운 마음이 들었다.

30분쯤 흘렀을까? 갑작스러웠던 소나기는 또다시 갑작스럽

게 그쳤다. 변덕스러운 하늘은 아침과 다름없이 맑게 개었고, 푸른 하늘에는 희디 흰 뭉게구름이 가득 떠가고 있었다. 한바탕 비가 지나간 들판은 빗물을 머금은 밀싹의 푸르름이 더해져 더욱 싱그러워 보였다. 평소 같으면 '아름답다!' 탄성을 질렀겠지만, 사람을 놀리는 듯한 날씨의 변화에 허탈감이 더 크게 밀려왔다.

몸도 마음도 지쳐 있던 그때, 귀에 꽂고 있던 이어폰에서 가수 양희은의 목소리가 들려왔다. 〈엄마가 딸에게〉라는 노래였다.

난 잠시 눈을 붙인 줄만 알았는데 벌써 늙어 있었고
넌 항상 어린아이일 줄만 알았는데 벌써 어른이 다 되었고
난 삶에 대해 아직도 잘 모르기에 너에게 해줄 말이 없지만
네가 좀더 행복해지기를 원하는 마음에
내 가슴속을 뒤져 할 말을 찾지

가수의 목소리가 어느새 늙어버린 엄마의 목소리를 연기하며 혼잣말 같은 가사를 조용히 읊조렸다. 시간이 흘러 아쉬운 그 마음을 이제는 알 것 같아서 가슴이 먹먹해져 왔다. 삶에 대해 아식도 잘 모르지만, 딸이 더 행복해지길 바라는 마음에서 해줄 말을 찾는다는 가사를 들을 때는, 종종 전화를 걸어 내 걱정을 하던 엄마의 말들이 떠올랐다. 비가 많이 온다는 뉴스를 들으면

'우산 챙기라'거나, '밥을 거르면 안 된다'며 다 큰 딸을 걱정하는 엄마. 함께 보낼 수 있는 시간이 빠르게 흘러가고 있고 그렇게 부모님이 늙어간다는 생각에 눈물을 가득 담은 채 걸었다.

난 한참 세상 살았는 줄만 알았는데 아직 열다섯이고
난 항상 예쁜 딸로 머물고 싶었지만 이미 미운털이 박혔고
난 삶에 대해 아직도 잘 모르기에 알고픈 일들 정말 많지만
엄만 또 늘 같은 말만 되풀이하며
내 마음의 문을 더 굳게 닫지

엄마가 '공부해라', '성실해라' 하고 말할 때, '잘하고 싶어서 나도 애쓰고 있다'고 대답하는 딸의 속마음에 대한 가사를 들으면서, 뭐든 잘하고 싶어 애쓰던 10대 시절의 내 모습이 생각났다. 그 아등바등 애쓰던 어린 시절의 내가 안쓰럽게 느껴졌다.

그렇게 여러 생각을 하며 노래를 듣고 난 뒤에는 어떤 '후련함'이 찾아왔다. '애쓰던 10대의 나'를 어른이 된 내가 인정해주고 격려해준 순간이었기 때문이리라. 험악한 날씨를 견디며 혼자 걷느라 힘든 날이었지만, 한편으론 내 마음을 보다 깊이 들여다볼 수 있었던 치유의 카미노를 걸은 날이었다.

30

두 가지 길에 대한 고민

TERRADILLOS DE LOS TEMPLARIOS ▶ BERCIANOS DEL REAL CAMINO

테라디로스데로스템플라리오스Terradillos de los Templarios에서 출발한 날. 중간 지점인 칼사다데코토Calzada de Coto에서 두 갈래로 길이 나뉘는 날이었다. 두 길을 놓고 나는 고민에 빠졌다.

'오래된 로마 길을 걸을 것인가? 또는 현대식 센다(자연적인 길이 아니라 인위적으로 조성된 길)를 걸을 것인가?'

다음 알베르게까지 두 길은 3킬로미터 정도의 거리 차이가 났다. 평소라면 당연히 숲속의 흙길을 택했겠지만, 오랜 고민 끝에 그날은 보다 짧은 거리의 센다를 택했다.

오래된 로마 길을 택할 경우 도착할 무렵에 목적지의 알베르게가 다 찼을 위험이 있기도 했고, 메세타를 거쳤던 지난 구간이 굉장히 힘들었기 때문이다. 물과 그늘이 없는 오래된 옛길을 걸을 일이 많이 걱정되었다. (순례길 안내 책자에는 로마식 길을 선택할 경우 마을은커녕 작은 숲이나 그늘조차 없는 24킬로미터가량의 길을 걸어야 한다고 적혀 있었다.) 걸을 때마다 한쪽 다리가 아파왔기 때문에 증상이 심해질까 지레 겁먹은 것도 한몫했다.

자연을 가까이할 수 있는 산길을 선택해왔던 내가 매끈하게 닦인 현대식 길을 선택한 또 다른 이유는 에드가였다. 전날 밤 숙소에서 만난 에드가와 대화할 때 '내일은 베르시아노스델레알카미노Bercianos del Real Camino로 갈 거야'라고 했던 말이 떠올랐기 때문이다. 선택한 길에 따라 목적지도 두 곳으로 나뉘었기 때문에, 내가 로마 길로 가면 에드가를 만날 확률이 제로가 되는 상황이었다. 전날의 대화가 즐거웠던 나는 그를 만나 좀더 이야기해보고 싶었고, 그의 여정을 따라가고 싶었다.

홀로 길을 걸으며 '내 선택의 이유'를 곱씹다 보니, 내가 혼자 있는 시간을 좋아하는 것만큼이나 사람들과 어울리는 시간을 좋아한다는 것을 깨달을 수 있었다. 혼자됨과 어울림, 이 둘의 밸런스가 나라는 사람에게 매우 중요한 것이다.

결과적으로는 이런저런 이유를 들어 현대식 센다를 선택했으나, 걷는 동안 이 선택을 내내 후회했다. 매끈하게 닦인 고속도로와 나란히 놓여 있는 아스팔트 길은 예상했던 대로 삭막하고 따분하기만 했다. 겨우 마을에 도착했을 때 공립 알베르게는 문

143

을 닫은 상태였고, 마을 풍경은 황량하기 그지없었다. 다른 도시로 가기엔 너무 지쳐 있었던지라 동네를 좀더 서성거리며 숙소를 찾았다. 다행히 문을 연 또 하나의 사설 알베르게를 찾을 수 있었다. 그곳에서 에드가와 재회했다. 에드가는 내게 숙소를 안내해주었고, 필요하다면 스페인어로 메뉴 주문을 도와주겠다며 레스토랑으로 향하는 나를 따라나섰다. 동네 어귀에서 문을 연 식당을 발견한 나는 샹그리아와 풍성한 샐러드를 시켰다. 이미 저녁을 먹은 에드가는 콜라를 한 잔 시켜 내가 식사를 끝낼 때까지 기다려주며 대화를 나눴다.

멕시코와 한국의 휴가 제도, 휴가철의 번잡한 순례길이 얼마나 끔찍할까에 대한 상상, 멕시코와 한국의 음식 이야기 등 자연스럽게 흐르는 주제를 따라 이야기를 나누다 보니 많던 샐러드가 금방 사라져 있었다. 센다에서 툴툴거렸던 사람은 어디로 갔는지, 나는 또 한껏 느긋해진 기분으로 저녁시간을 즐기고 있었다.

평소에 선택하지 않던 경로를 걸은 오늘은 거센 자연에 대한 두려움과 몸의 컨디션에 대한 걱정, 그리고 호기심 가는 사람을 다시 만나고 싶다는 마음에 따른 결정이었다. 그 선택은 위안을 주는 큰 나무와 기분 좋게 부는 바람, 흙길 위로 고개를 내민 작은 식물들을 만나지 못해 나를 고독하게 했지만, 덕분에 다리에 가해지는 무리를 좀 덜었고, 에드가를 만나 즐거운 시간도 보

냈으니 그것으로 충분했다.

선택에는 늘 수많은 경험과 다양한 가치들이 충돌한다. 이 때 필요한 것은 '우선순위'를 정하는 일일 것이다. 센다에서의 경험은 '길'과 '인연', '거리' 등 수많은 가치 중 무엇을 가장 중시할 것인가,라는 물음에 답을 주었다. 결국 나에 대한 모든 것은 '내가 직접 경험하며'로 알아갈 수밖에 없는 것 같다.

31

맛없는 보카디요는 유죄

BERCIANOS DEL REAL CAMINO ▶ MANSILLA DE LAS MULAS

만시야데라스물라스Mansilla de las Mulas로 향하는 날. 전날 밤 일기예보를 보고 일부러 새벽같이 일어났다. 예상 강수량은 4~5밀리미터인데 강수 확률이 60퍼센트라고 했다. 메세타에서 비바람과 싸우며 겪었던 고난을 다시는 겪고 싶지 않았다. 조금 이라도 빨리 움직여 비를 최대한 덜 맞고 싶었다. 결국 비를 가장 한 얼음 알갱이를 맞게 될 운명이었지만 말이다.

걷기 시작한 뒤로 비보다 추위로 고생했다. 손이 너무 시려서 걷는 내내 온몸이 떨렸다. 그렇게 16킬로미터 정도를 쉬지 않고 걸은 뒤에야 겨우 마을을 만났다. 1분1초라도 더 빨리 쉬고 싶었던 나는 마을 초입에 위치한 식당으로 향했다. 처음 식당에 들어섰을 때는 그저 추위를 피해 쉴 수 있다는 생각에 안도했다. 하지만 잠시 뒤 그곳의 형편없는 음식과 서비스를 경험하며 나의 만족감은 곧 불평불만으로 변했다.

식당에는 나 외에는 그 어떤 손님도 보이지 않았다. 나는 창가 자리에 자리를 잡았다. 자리에 앉은 뒤 한참이 지나도 메뉴판을 주거나, 주문을 받으러 오지 않았다. 몇 번이나 사람을 부른 뒤에야 나타난 직원은 영어를 하지 못했고, 내 서툰 스페인어도 통하지 않았다. 결국 손짓과 휴대폰의 사진으로 어렵사리 음식을 주문할 수 있었다.

주문한 뒤에 또 한참을 기다려야 했다. '뭐야, 보카디요를 만들 밀을 수확하러 간 거야? 뭐가 이렇게 오래 걸리지?' 언짢은 마음으로 기다리고 있자니, 직원이 무뚝뚝한 표정으로 보카디요와 커피를 갖다주었다. 우여곡절 끝에 만난 음식이었지만, 그것은 내가 먹어본 음식 중에서도 손에 꼽을 정도로 맛이 없었다.

만든 지 오래되어 보이는 보카디요 빵은 겉과 속 모두 수분 감 없이 푸석했고, 빵 속에는 말라 비틀어진 딱딱한 하몽이 들어 있었다. 게다가 보카디요와 커피에서 모두 진한 화장품 냄새가 진동했다. 스스로 비위가 좋다고 생각하는 편인데도, 그 음식들을 포기할 수밖에 없었다.

고픈 배를 진정시키고자 창밖으로 시선을 돌렸다. 마침 내 뒤에서 걷던 에드가의 모습이 보였다. 그는 여느 때와 다름없이 느긋한 표정으로 걷고 있었는데, 그 모습을 보자니 괜히 서운한 마음이 들었다.

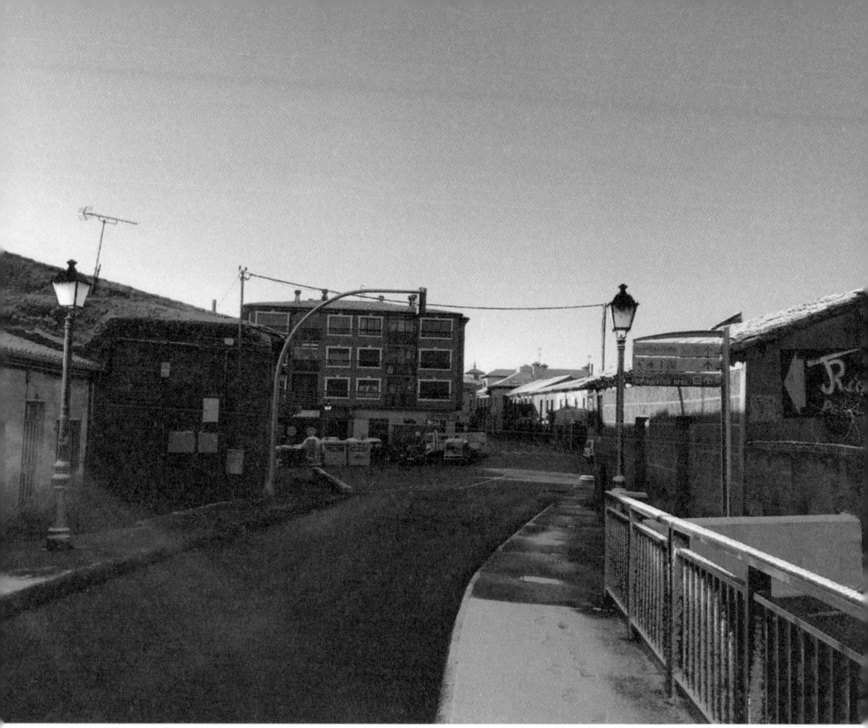

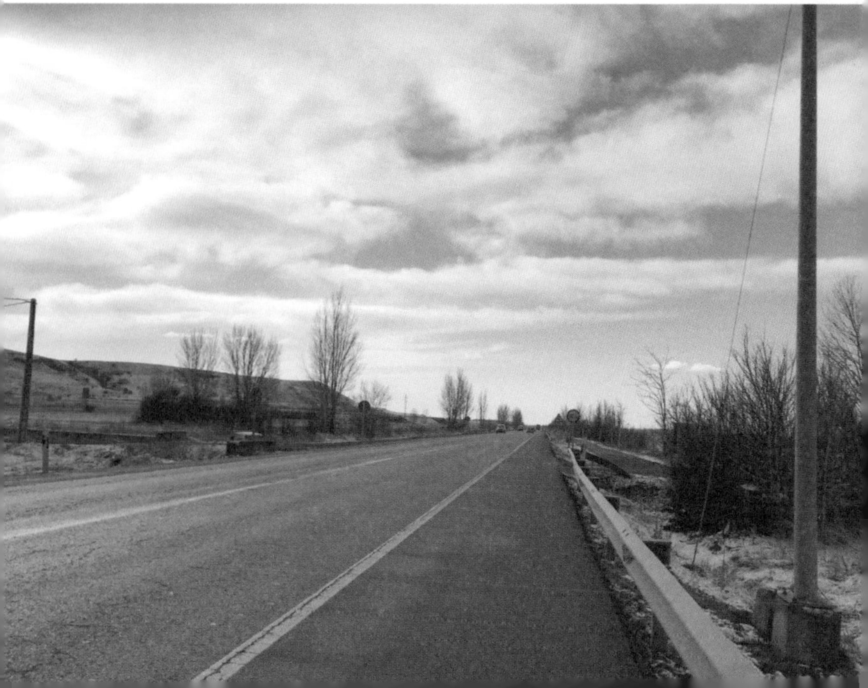

내게 잘못한 것도 없는 에드가에게 왜 서운한 마음이 드나 생각해보았다.

'나는 스페인어도 잘하지 못하는데, 내가 앞서 걷는 걸 봤으면 불러서 같이 바에 가자고 말해주면 안 되는 거야?'

나도 알고 있었다. 이 마음은 영문 없고 뚱딴지같다는 것을. 사실 나라도 앞서 걷는 이가 바에 들어가는 모습을 보았다고 한들, 그를 큰소리로 불러 세우지는 않았을 것이다. 그런데도 왜 그런 황당한 생각을 했을까. 생각해보니 아무래도 이 모든 상황에 대한 탓을 타인에게 돌리고 싶었던 것 같았다. 내 발로 들어가 요리를 시켰는데 하필이면 그 요리가 비교적 비싸면서도 아주 맛이 없었고, 그 상황을 자초한 것이 짜증스러웠던 것이다.

카미노에서는 하루 한 번 바에 들러 먹는 간단한 식사와 커피 한 잔이 큰 만족감을 주곤 했다. 그날도 같은 만족감을 기대했다가, 형편없는 서비스와 음식으로 기분이 상한 것이다. '겨우 음식 하나로 별생각이 다 드는구나.' 싶어 쓴웃음이 났다. 그렇게 생각을 정리한 뒤에 '앞으로는 식당 선택에 좀더 심혈을 기울이자.' 다짐하며, 서둘러 그 불쾌한 장소를 빠져나왔다.

~ 32 ~

시간 여행을 위한 도시, 레온

MANSILLA DE LAS MULAS ▶ LEÓN

만시아데라스물라스Mansilla de las Mulas에서 레온León까지의
거리는 18.6킬로미터.

아침 8시 30분쯤 걷기 시작해서 오후 1시 30분쯤 레온에 도
착했다. 도시 진입로에서 우연히 에드가를 만나 함께 숙소를 찾
아 짐을 맡기고 근사한 레스토랑에서 점심을 먹었다. 그리고 본
격적으로 레온 관광을 시작했다.

레온은 중세 고딕 양식의 웅장한 건물인 레온 대성당, 그리
고 스페인의 천재 건축가라 불리는 가우디Antoni Gaudí가 설계한
카사데보티네스Casa de Botines가 있는 곳이다. 산티아고 순례 여행
을 계획할 때 관광을 위해 미리 별표를 쳐둔 곳이었다.

단단한 등산화를 신고 오래 걸은 탓에, 걷고 난 뒤에는 예외
없이 발이 부었다. 그래서 관광에 나설 땐 최대한 발을 해방시켜

주고자 조리 모양의 슬리퍼를 신었다. 내리고 그치길 반복하는 눈과 비로 인해 바닥은 질척거렸고 발도 시렸지만, 개의치 않았다. 세월이 그대로 묻어나는 구시가지의 예쁘게 마모된 돌바닥을 디디며, 미로처럼 연결된 좁은 골목 사이를 자유롭게 돌아다녔다. 레온은 1세기경 로마인들에 의해 만들어진 도시라는데, 정말 어린 시절 읽은 중세 배경의 한 판타지 소설에 들어온 것만 같았다.

골목 사이사이를 구경한 뒤 처음 찾아간 곳은 가우디의 건축물이 있는 산마르셀로 광장Plaza de San Marcelo이었다. 광장 가까이에 이르자 한눈에, '이것이 가우디가 설계한 것이군!' 싶은 건축물이 눈에 띄었다. 밝은색의 벽돌을 쌓아 지은 커다란 건물과 부드러운 곡선으로 모양을 낸 수많은 창문, 건물 사방으로 하늘 높이 솟구쳐 있는 뾰족한 탑과 기사의 조각상까지 그 모든 요소가 조화롭게 어울려 보였다. 커다란 건물이 되레 귀엽고 아기자기하게 느껴졌다. 섬세하게 장식된 외관을 보자 내부는 또 얼마나 치밀하게 잘 꾸며졌을까 궁금해졌는데, 알고 보니 카사데보티네스는 현재 은행 건물로 사용되고 있어 관광 목적으로 구경하기는 어렵다고 했다.

카사데보티네스의 외관을 충분히 둘러본 후에는 아쉬운 마음을 뒤로하고 레온 대성당으로 향했다. 중세 고딕양식을 잘 보여주는 외관도 멋있었지만, 사실 이 건물의 백미는 건물 내부에 숨어 있었다. 성당을 방문한 시각은 오후 4시쯤이었는데, 그 시각 오후의 햇살이 성당의 커다란 스테인드글라스를 통과하여 색색의 빛으로 어두운 성당 내부를 밝히고 있었다. 돌벽으로 지어진 캄캄한 성당을 가득 채우는 그 황홀하고 다채로운 빛의 향연에 나는 오래도록 심취해 있었다. 성당 내부에도 성상과 성가대

석 등 진귀한 유물들이 많았지만, 그 어떤 것도 천장에서 뿜어나오는 빛보다 내 시선을 사로잡지는 못했다.

다음날 아침, 전날 느꼈던 즐거움을 한 번 더 맛보고자 레온 대성당과 가우디의 카사데보티네스를 다시 방문한 뒤, 카미노의 노란 화살표를 따라 구시가지로 들어섰다. 그 길목에서 한국인인 지훈과 병준을 만났다. 처음 순례길에 올랐을 때부터 대부분 외국인들과 걸어왔기 때문에 한국인을 보자 굉장히 반가운 마음이 들었다. 그래서 출발 시각이 지체됨에도 불구하고 두 사람과 함께 아침을 먹으며 대화를 나눴다. 우리말로 긴 시간 대화하며 소통의 해방감도 맛보고, 카미노에서의 에피소드도 실컷 얘기하고 또 들었다.

아침 식사가 끝난 뒤에 두 사람과 헤어져 혼자 레온을 빠져나왔다. 그리고 도시 외곽에서 다시 두 갈래 길을 만났다. 오솔길이지만 좀더 길게 이어지는 빌라르데마사리페Villar de Mazarife로 향하는 길과, 잘 닦인 길을 따라 걷는 비야당고스델파라모Villadangos del Páramo로 가는 길이었다. 이미 길에 대한 나의 선호를 확인했으므로, 이번에는 갈등 없이 마사리페로 향하는 길을 선택했다. 뻥 뚫린 길과 양옆으로 하늘과 지평선이 맞닿은 드넓은 들판이 멀리까지 펼쳐져 있었다.

만족스러운 기분으로 한참을 혼자 걷다가 우연히 앞서 걷는 이를 따라잡게 되었다. 루디였다. 우리는 나란히 걷게 되었고, 이때부터 나는 영어와 스페인어 모두 능숙한 루디 덕분에 스페인어를 배우며 걸을 수 있었다. 그는 여행을 좋아하고 다방면으로 호기심이 많아, 한국어에도 관심을 보였다. 우리는 서로에게 언어를 가르쳐주기로 했다. 그날은 숫자를 알려주는 수업을 했다.

루디는 내게 스페인어로 10까지 세는 법을, 나는 그에게 한국식 숫자 세는 법을 알려줬다. 그렇게 한참 숫자를 알려주던 중 그가 내게 내기를 제안했다. 숙소에 도착하기 전까지 서로의 언어로 숫자 문제를 내고, 한국어, 스페인어로 정답을 맞히지 못하는 사람이 저녁을 사는 내기였다.

걷고, 대화하는 일밖에 없었던지라 나는 이 흥미로운 내기에 응했다. 저녁밥이 걸린 본경기를 하기 전 연습 경기를 했는데 둘 다 매우 필사적이었다. 얼마나 열심이었는지 틀리는 법이 없어 그게 더 웃길 지경이었다.

한참을 외국어 수업과 숫자 맞추기에 열중한 덕분에 우리는 목표한 마사리페보나 좀더 나아가, 아름다운 로마식 다리가 있는 오스피탈데오르비고Hospital de Órbigo까지 갈 수 있었다. 약 38킬로미터의 제법 긴 거리를 걸은 날이었다.

산티아고에서는 계획이 틀어져도 결론이 늘 좋았다.
계획이 없어도 인생에는 좋은 일이 일어난다.
어쩐지 순례길은 내게
그렇게 이야기하는 것만 같았다.

행 운 의   시 간

아스트로가에서의 시간

HOSPITAL DE ÓRBIGO ▶ ASTROGA

전날 묵었던 오스피탈데오르비고의 알베르게는 냉동고처럼
추웠다. 그 오래되고 낡은 숙소의 오스피탈레로는 난방을 전혀
해주지 않았다. 침낭 속에서 차가운 손과 발을 비벼봤지만 헛수
고였다. 아침에 알베르게를 나서자마자 카페를 찾았다. 몸을 녹
이고 뜨거운 커피와 케익 한 조각으로 아침 식사를 대신했다. 카
페인과 달달한 케익이 몸에 들어가니 밤새 벌벌 떨며 쉬지 못했
던 몸과 마음에 생기가 되살아나는 기분이 들었다. 이날은 루디
와 에드가와 일일 동행이 되어 걸었다. 카페를 나설 즈음 전 마
을에서부터 걸어온 에드가를 만난 덕분이었다.

길을 걷는 동안 자갈이 깔린 울퉁불퉁한 길이 많아 발목과
물집이 있는 발가락이 자주 아파왔다. 하지만 파란 하늘과 완연
한 봄을 느끼게 해수는 연둣빛 새싹들, 가장 좋아하는 나무 중

하나인 목련의 꽃봉오리를 볼 수 있었고, 그 밖에도 열심히 풀을 뜯는 소들을 가까이에서 구경할 수 있었다.

15킬로미터쯤 걸었을 때 가파른 계곡 정상부에 조성되었다는 도시 아스트로가Astroga가 나타났다. 걸어온 총 거리는 비교적 짧았지만 전날 무리해서 많이 걸었고, 또 언덕과 자갈이 많은 구간을 쉼 없이 걸은 탓에 체력이 떨어져 이곳의 알베르게에서 묵어가기로 했다. 에드가와 나는 같은 공립 알베르게에, 루디는 사설 호스텔에 머물기로 했다.

짐을 풀고 간단히 씻은 뒤 에드가와 나는 곧장 레스토랑을 찾아 나섰다. 길을 걸어오는 동안 에드가가, 아스트로가에 가면 꼭 지역 전통 음식인 코시도 마라가토Cocido Maragato를 먹고 싶다고 했기 때문이었다. 그날은 특이하게도 알베르게에서 다섯 명 정도의 꽤 많은 한국인을 만났는데, 그중 마침 생일을 맞은 정훈과 보영을 초대해 넷이 함께 레스토랑을 찾았다. 이 식사 자리는 내게 꽤 신선한(?) 느낌을 주었는데, 에드가를 제외한 나머지 세 사람이 한국인이었기 때문이다. (외국인보다 한국인이 다수인 상황이 처음이었다.) 덕분에 음식을 먹으면서 보영, 정훈과 한국어로 편히 이야기를 나눴다.

에드가에게 한국어를 영어로 중간중간 통역해주다가, 문득 이 순차 통역보다는 에드가가 이해할 수 있는 영어를 써야겠다는 생각이 들었다. 그 순간부터 한국 친구들의 질문에도 영어로

답했다. 꽤 오랜 시간 외국인들 사이에서 걸으며 언어로 소외당하는 일이 어떤 느낌인지 알게 되었으므로, 에드가에게 똑같은 기분을 느끼게 하고 싶지 않았다. 다행히 보영과 정훈도 곧 영어로 대화를 나눠주었고 기분 좋게 식사를 마칠 수 있었다.

식사 후에는 각자 흩어져 여유 시간을 보냈다. 아스트로가에도 이것저것 보고 싶은 유적이 많았으나 시간이 많지 않고 체력도 많이 떨어져서, 가우디가 설계한 주교의 궁, 그리고 그 옆에 위치한 대성당 박물관 두 곳만 천천히 돌아봤다. 이후에는 숙소 가까이 위치한 시나고가 정원Jardín de Sinagoga에 앉아 시간을 보냈다. 아스트로가는 해발 870미터 고도에 위치한 마을이라, 공원 담장 너머 아래로 넓게 펼쳐진 풍경을 감상하기 좋았다. 거대한 산맥이 병풍같이 둘러싼 자연 풍경과 그 속에 소박하게 자리 잡은 작은 마을들은 오래 봐도 질리지 않을 만큼 아름다웠다.

충분히 휴식을 취하고 저녁을 먹은 뒤에 고장난 이어폰을 대신할 새 제품을 사러 전자용품점을 찾았다. 다른 작은 마을들에 비해 아스트로가는 비교적 규모가 커서 희망을 품고 찾아갔으나, 삼성 브랜드의 이어폰만 팔고 있었다. 결국 아이폰에 맞는 이어폰 구매를 포기해야 했다. 하지만 이 작은 스페인 변방의 도시에서 국내 브랜드를 만날 수 있다니, 그 사실만으로도 뿌듯했다. 숙소로 돌아가는 길에는 살짝 차가워진 밤공기가 기분 좋게 피부에 와닿아, 낮 동안 달아올랐던 피부를 식혀주었다. 때마침 성당의 종소리가 흘러나와 중세의 시간으로 잠시 돌아간 듯한 기분이 들었다. 우연히 머물게 되었지만 보고, 듣고, 맛보았던 모든 것이 만족스러웠던 아스트로가에서의 하루가 그렇게 저물고 있었다.

— 34 —

벽난로, 통기타 그리고 베드버그

ASTROGA ▶ FONCEBADÓN

폰세바돈Foncebadón으로 가는 길은 정말 좋았다. 해발 870미터의 아스트로가에서 해발 1400미터 고지의 폰세바돈으로 가는 오르막길은 험난했고, 전날 내린 비로 땅도 젖어 있었다. 하지만 그 덕에 공기가 더욱 깨끗해져 멀리까지 시야가 확보되었다. 고도가 높아질수록 큰 산맥과 작은 마을이 한눈에 보이는 풍경이 장관이었다. 사실 이날의 목적지는 폰세바돈이 아닌 라바날 델카미노Rabanal del Camino였으나, 아름다운 풍경에 반해버린 나는 '조금 더!'를 외치다 결국 마을 하나를 더 넘어서 폰세바돈까지 가게 되었다.

문제는 알베르게였다. 당일 폰세바돈에는 딱 하나, 몬테이라고Monte Irago라는 알베르게만이 문을 열고 있었다. 이 알베르게는 '베드버그(진드기)'가 출몰하기로 악명 높은 곳이었다. 아스트로가에서 출발할 때까지만 해도 순례자들끼리 '폰세바돈의 알베르게에서는 베드버그를 조심해야 해요.'라는 이야기를 나눴었는데, 나는 왜 호기롭게 폰세바돈까지 와버린 건지… 후회해도 소용없었다. 결국 울며 겨자 먹기로 몬테이라고에 들어섰다.

숙소에는 나를 포함한 한국인이 세 명 더 있었고, 이외에도 일본, 벨기에, 아르헨티나, 이탈리아, 영국, 독일 등 다양한 나라에서 온 사람들이 머물렀다. 그날은 알베르게를 제외한 어떤 식당도 문을 열지 않아, 숙소에 모인 사람들이 함께 알베르게에서 제공되는 저녁을 먹었다. 자연스레 어울려 식사를 하며 이야기를 나누었다. 몬테이라고 알베르게는 오래된 가옥이었다. 다소 어두운 실내에 장작을 태우는 벽난로가 있어서 캠핑을 하는 듯한 기분이 들었다. 시간이 지나고 분위기가 부드러워질 무렵, 한국 청년인 창영이 통기타를 연주하며 김광석의 노래를 불러주었다.

김광석의 노래를 시작으로 비틀스, 밥 말리 등의 노래가 이어졌다. 둘러앉은 이들은 함께 노래를 불렀고, 분위기가 점점 무르익어갔다. 그렇게 머물기 싫었던 몬테이라고였는데! 난로에 불을 지피고 둘러앉을 수 있는 이 공간이 아니었다면 이런 훈훈한 밤도 없었을 거라는 데 생각이 미치자, 무뚝뚝한 알베르게 주인장에게 고마운 마음이 들었다.

창밖으로 캄캄하게 어둠이 내리자 사람들이 하나둘 일어나 침대가 있는 위층으로 올라갔다. 나는 미리 골라둔 침대로 가서 침대를 샅샅이 수색했다. 딱히 잠자리를 가리지 않는 나도 그날만큼은 호들갑을 떨 수밖에 없었다. 그곳에서 보낸 저녁 시간이 아무리 좋았다 해도 '베드버그'가 나타난다는 소문이 여전이 머릿속을 맴돌고 있었기 때문이다. 베드버그에게 물리면 피부에 붉은 반점 같은 상처가 남기도 하고, 또 굉장히 가렵다고 들었기 때문에 생각만 해도 께름칙했다. 침대 여기저기를 휴대폰 불빛으로 비추며 샅샅이 살피는 나를 루디가 겁쟁이라고 놀려댔다. 나는 아랑곳하지 않고 수색을 이어갔고, 발 아래쪽 창가에 죽어 있던 파리 한 마리까지 치우고 나서야 침낭 속으로 들어갔다.

다음날 아침. 머리 바로 위 천장 창문에 하얗게 쌓인 눈을 보며 잠에서 깼다. 흰 눈을 보면서도 가장 먼저 든 생각은 '혹시 베드버그에게 공격당한 게 아닐까?' 하는 것이었다. 침낭 속에서 팔과 다리를 만져보니 벌레에 물린 것 같지는 않았다. 그제야 애벌레처럼 꽁꽁 싸맸던 침낭을 열고 나와 침대 모서리에 걸터 앉았다. 그때 팔에 온통 붉은 반점이 돋은 루디가 눈에 들어왔다. 루디 외에도 함께 미물렀던 몇몇 사람들이 그 작고 사나운 벌레의 공격을 받은 것으로 드러났다.

다행히 베드버그에 물렸던 사람들은 상비약을 가진 사람들에게 약을 나눠 받아 응급 처치를 할 수 있었다. 그 모습을 보니 안타까운 마음이 드는 한편, 전날 놀림을 받으면서도 침낭을 얼굴 끝까지 올리고 애벌레처럼 몸을 말고 잔 보람이 있었던 것 같아 뿌듯한(?) 마음이 들었다. 눈을 뜨자마자 마주했던 작은 소동이 그렇게 마무리되고, 사람들은 준비된 조식을 먹기 위해 하나둘 1층으로 향했다. 그날 아침, 오스피탈레로는 베드버그 이슈가 쏙 들어갈 만한 뉴스를 우리에게 전했다. 베드버그 사건은 앞으로의 험난한 여정을 암시하는 예고편에 불과했음이 곧 드러났다.

폰세바돈으로 향하는 산길에서 만난 폭신한 양.
반가운 마음에 가까이 다가가려했지만,
나를 바라보는 양의 표정은
가까이하기에는 너무 멀게 느껴졌다.

35

폭설에도 계속되는 여정

FONCEBADÓN ▶ PONFERRADA

몬테이라고에서의 아침. 순례자들은 평소와는 다르게 조금 게을렀고 또 느긋했다. 숙소에 머문 사람들은 함께 아침 식사를 하며 하루의 여정에 대해 상의했다. 카미노에서 각자의 여정을 다른 여행자와 상의하는 일은 거의 없었는데, 이날은 특별했다. 밤새 폭설이 내렸기 때문이었다. 눈이 너무 많이 내려 다음 마을로 가도 될지를 고민해야 하는 상황이었다. 이미 눈이 켜켜이 쌓였음에도 여전히 함박눈이 펑펑 내리고 있어 걱정을 더했다. 알베르게의 주인장은 하루 종일 눈이 올 것이라는 예보를 전했다.

정확히 누구의 말이었는지 기억나지 않지만 '카데라' 통신에 의하면, 어디는 눈이 허리까지 쌓였고 밖으로 눈 구경을 나갔던 사람들은 새하얀 풍경에 탄성과 경악의 상반된 반응을 보였다고 했다. 어떤 여행자 그룹은 거의 한 시간째 오늘 걸을 수 있을지, 눈이 얼마나 왔는지, 또 얼마나 더 올 것인지에 대해 이야기하며,

택시조차 탈 수 없을 거라고 걱정의 말들을 쏟아내고 있었다.

　나는 루디와 폰세바돈에서 처음 만난 벨기에인 히르츠와
대화를 나누고 있었다. 우리는 그저 루디가 (초콜릿으로 유명한)
에스테야Estella에서 가져온 초콜릿을 먹어보며, 그게 스위스 초콜
릿보다 나은지 어떤지 시시껄렁한 잡담을 나누고 있었다.

　조금 뒤 걱정의 말을 가득 뱉어내던 그룹 여행자들이 먼저
길을 나섰는데, 이들은 약 10분쯤 뒤에 다시 알베르게로 돌아왔
다. 눈이 너무 많이 쌓여 더 갈 수 없었다고 했다. 그들은 시야 확
보가 얼마나 힘든지, 다른 사람들도 10미터 이상 갈 수 없을 거라
며 눈 속을 헤쳐 나가는 일은 불가능할 것이라고 입을 모았다.

　이 모든 이야기를 가만히 듣던 루디는 "그래도 시험해보자!"
고 말했다. 나 역시 포기도 경험해본 뒤 결정하는 타입이라 천천
히 나갈 채비를 하기 시작했다. 스패츠를 신고, 우비를 입고, 보온
을 위해 우비도 입까지 올리고 아이젠도 꼼꼼히 채웠다. 준비를
마친 뒤에 히르츠가 등산 장비를 채우는 일을 도왔다. 히르츠는
아스트로가에서 여정을 시작해 아직 이 모든 일에 서툴렀고 도
움을 필요로 했다.

　히르츠까지 모든 준비를 끝냈을 때, 나는 문득 그와 나를 제
외한 나머지 사람들이 이미 알베르게를 떠났다는 사실을 알게
되었다. 순례 3일 차인 초보 순례자와 내가 단둘이 그 험난한 길

을 헤쳐 나가게 된 것이다. (나중에 만난 루디는 나와 히르츠가 오랫동안 밖으로 나오지 않아 걷기를 포기한 줄 알고 먼저 떠났다고 했다. 이 사실을 알기 전까지 얼마나 서운했던지!)

생초보 순례자와 폭설 속을 걷는다고 생각하니 두려움이 앞섰다. 하지만 포기할 수는 없었기에 우리는 곧 알베르게를 나섰다. 호기롭게 나선 길이었으나 마을을 빠져나가는 것부터가 어려웠다. 매서운 눈발이 끊임없이 몰아치는 가운데 길을 알려주는 노란 화살표가 눈에 덮여 모두 사라져 있었다.

의욕적인 히르츠가 지도를 보며 방향을 제시했다. 나는 두말없이 그를 따랐으나, 결국은 길을 잃고 알베르게 방향으로 다시 돌아와야 했다. 그렇게 한참 진을 빼며 난감해하다가 동네 주민인 한 아주머니를 만났다. 그분은 헤매는 우리를 발견하고 일부러 긴 장화와 작업복을 입고 삽을 들고 나와준 것이었다. 산길은 눈이 허리까지 찼다며 도로로 가는 길 초입까지 우리를 바래다주었다. 덕분에 비교적 걷기 쉬운 길에 올라설 수 있었다.

36

여행 중 거듭되는 선택에 대하여

FONCEBADÓN ▶ PONFERRADA

강한 바람과 눈보라가 계속되었다. 앞을 바라보는 것이 불가능했기에 오랫동안 새하얀 눈길만 보며 걸었다. 눈이 종아리부터 허리까지 쌓여 한 발 한 발 떼는 것도 고역이었다. 해발 1,505미터 고지의 철십자가 부근도 마찬가지였다. 철십자가는 순례자들이 고향에서 준비해온 돌이나 물건을 놓고 소원을 비는 장소로 유명했다. 하지만 철십자가를 바라보기도 힘든 날씨라, 근처까지 다가가는 것은 어림도 없는 일이었다.

두 발이 푹푹 빠지는 눈밭을 걷다가 설상가상으로 화장실에 가고 싶어져 난감해하던 차에, 기적적으로 눈 속에 파묻힌 집을 하나 발견했다. 만하린Manjarín에 위치한 알베르게였다.

만하린의 알베르게는 태양열을 이용해 물을 데우는 친환경 시설을 갖춘 곳이었다. 인공적 시설물을 최소화한 듯, 아주 전통적인 가옥 느낌에 조도도 낮고, 전자 기기도 거의 눈에 띄지 않았다. 오스피탈레로가 알베르게에 들어서는 우리를 보고 데면데면하게 인사했기 때문에, 나는 그 어둡고 고요한 분위기에 살짝 긴장했다. 하지만 곧 '한국에서 왔다'는 내 말에 오스피탈레로가 '안녕하세요.' '예쁘다' 등 알고 있는 한국말로 내게 말을 걸어주어 긴장을 풀고 잠시 쉴 수 있었다.

만하린의 알베르게로부터 약 5킬로미터 정도 떨어진 아세보Acebo에 도착할 무렵에는 눈발이 잦아들고 약간의 비만 흩뿌렸다. 히르츠와 나는 아세보의 식당에 들러 벽난로에 바짝 붙어 몸을 녹였다. 스페인식 토르티야를 넣은 보카디요를 먹으며 와인을 마셨다. 바에 도착할 즈음에는 체력이 급격히 떨어져 휴식 후에도 피로감이 컸다. 하지만 휴식을 끝내고 다시 걷기 시작했을 때, 히르츠는 도로가 아닌 비교적 길고 힘든 산길로 가기를 고집했다.

보통은 산길을 선택하는 나였지만, 이날만큼은 고단한 아침 여정과 날씨 때문에 산길을 고집하는 히르츠가 얄밉게 느껴졌다. 하지만 그는 카미노에 오른 지 고작 3일밖에 되지 않아 의욕이 넘치는 상태였고, 산길을 너무나도 걷고 싶어 했다. 혼자 걷기에는 길 사정이 좋지 않아 결국 우리는 함께 걷기로 합의하고 산길로 방향을 잡았다.

히르츠가 손으로 가리킨 방향에는 산티아고 길 표지인 노란 화살표가 없었다. 나는 한 걸음도 허투루 걷고 싶지 않았기에 미심쩍어하며 그의 뒤를 따랐다. 나의 그런 태도에 히르츠가 마음을 상한 듯 보였다. 이후 그는 야트막한 산 하나를 오르고 내리는 내내 한 번도 뒤를 돌아보지 않고 아주 빠른 걸음으로 길을 따라 내려갔고 자연히 우리의 거리는 멀어졌다.

평지로 들어설 즈음 나를 기다리는 히르츠와 다시 재회했다. 그는 나를 보자마자 "진! 우리가 걸어온 길이 정말 예쁘지 않았어? 아까 산길을 택하길 정말 잘한 것 같아!" 하고 말했다.

물론 산길은 아름다웠다. 봄에 피어나는 야생화와 물방울이 맺힌 연초록 잎들, 공기는 더할 나위 없이 깨끗했다. 하지만 나는 너무나도 지쳐 있었다. 피곤에 찌든 얼굴로 절뚝거리며 걸어온 내게 산길의 아름다움을 먼저 말하는 동료라니…!

몰리나세카Molinaseca에서 폰페라다Ponferrada로 가는 마지막 구간에서는 다시 한 번 현대식 센다와 전통적인 순례길로 나뉘는 두 갈래 길이 나왔다. 몰리나세카의 마을 초입에 들어섰을 때 한 주민이 우리에게 '알베르게를 찾냐?'며 인사를 건네왔다. 우리는 몰리나세카 다음 마을에서 묵을 거라고 말했다. 그 말을 들은 그분이 한쪽 눈을 찡긋 감으며 지름길인 센다로 가는 방향을 알려주었다. 우리가 매우 피곤해보인다며, 좀더 걸어가다가 노란 화살표가 보이는 갈림길에서 도로를 따라가라는 것이었다. 그 길로 가면 원래 가려던 길에 비해 1.2킬로미터를 단축해서 폰페라다에 도착할 수 있다고 했다.

그 친절한 주민 덕분에 어떤 길이 짧은 길인지 알게 되어 마음속으로 크게 안도했다. 그리고 생각했다. '나는 도로로 갈 거야! 히르츠가 어떤 길을 선택하든 도로로 갈 거야.' 하고 말이다. 그리고 갈림길이 나왔을 때였다. 그가 나를 향해 이렇게 말했다.

"진, 어느 길로 갈지 네가 선택해. 우리가 어떤 길을 경험할지는 너에게 달렸어."

그는 내게 선택권을 준 것처럼 말했으나, 곧이어 조금 더 긴 길을 선택하면 아름다운 전원의 풍경과 전통의 모습을 잘 보존한 마을, 로마 시대의 저수지 등을 볼 수 있을 거라고 눈을 반짝이며 강조했다.

결국 오래된 옛길을 선택하자고 간절히 권하는 그의 말을 무시할 수 없었다. '도로를 따라가겠다'던 다짐을 저버리고 히르츠를 위해 다시 옛길로 들어섰다.

그날 다소 굳은 표정으로 신이난 히르츠를 따라가던 나는 문득 이런 생각을 했다. 누군가와 함께 있을 때 상대방이 '넌 뭘 하고 싶은데? 네 의견을 따를게.' 하고 나에게 선택권을 넘기는 상황이 종종 발생한다. 그럴 때 상대가 바라는 선택이 내 마음의 선택과 다를 때가 있다. 그런 상황에 처하면 상대가 원하는 선택을 하기도 하고, 결과가 좋지 않으면 탓하는 마음이 들 때도 있다. '상대의 선택'을 '선택'하기로 하고 내가 그를 탓하면, 결과적으로 '그의 의견을 존중하기로 한 나 스스로를 탓하는 꼴'이 된다. 타인에게 선택권을 주거나 미뤘다면, 타인의 선택을 진심으로 존중하고 따라야 한다는 데 생각이 미쳤다.

히르츠는 암묵적으로 옛길로 가자고 내게 사인을 보냈으나, 어쨌건 표면적으로 선택권은 내게 있었다. 내가 그를 위해 옛길로 가기로 선택했다면, 나 역시 툴툴거리기보다는 내가 한 선택을 받아들이고 좋은 마음으로 걸어야 했다. 그렇게 마음을 다잡은 끝에 히르츠와 나는 비교적 사이좋게 폰페라다의 알베르게에 도착할 수 있었다.

하지만 폰페라다에 도착한 후 '함께 저녁 먹자!'는 그의 제안은 거절했다. 그날 밤은 온전히 혼자가 되어 나를 위한 푸짐한 파스타를 만들어 먹었다.

37

길 위에서 만나는 찬란한 봄

PONFERRADA ▶ CACABELOS

폰페라다에서의 일정은 아름다운 템플 기사단의 성을 보는 것으로 시작했다. 템플 기사단의 성은 12세기에 지어졌는데 대대적인 개보수 공사를 거쳐 과거의 모습을 잘 보존한 상태였다. 높은 지대에 위치한 데다 성이 크고 높게 지어져 꼭대기에서 보는 풍경이 정말 아름다웠다.

성의 안팎을 돌아보다가 문득, 성 주변이 시원하게 트여 있는 이유는 불시에 쳐들어오는 적을 잘 감시하기 위해서가 아닐까? 하는 생각이 들었다. 일본 여행을 할 때도 뾰족한 지붕과 여러 층으로 높이 쌓아올린 성의 내부를 보며 '집이 이렇게 좋아도 늘 적의 공격을 걱정해야 했다면, 그 왕(또는 영주)의 삶은 불행했겠네.' 했었다. 먼 스페인 지방의 성주도 사정이 다르지는 않았을 것 같았다.

충분히 성을 둘러보고 나와 성 정문 맞은편에 있는 추로스

Churros 가게에 들러 요기를 했다. 한국에서도 잘 사 먹지 않는 추로스인데, 별 특별할 것도 없는 그 간식이 너무 맛있어서 '인생 추로스'가 되었다. 추로스와 커피로 에너지를 채운 뒤에, 아름다운 폰페라다를 떠나는 아쉬움을 뒤로하고 다시 걷기 시작했다.

아쉬움이 남아 한 번 더 뒤를 돌아봤을 때 구시가지의 모습이 한눈에 들어왔다. 마을을 감싸 안고 흐르는 보에사 강Río Boeza, 주위로 수많은 나무들이 빼곡하게 자라고 있었다. 갖가지 밝고 어두운 푸른 잎과, 분홍, 노랑, 흰색 등 색색의 꽃, 그리고 짙은 색의 나뭇가지들이 어우러져 아름다운 초봄의 풍경을 만들어냈다. 오래 봐도 질리지 않는, 상투적인 표현이지만 정말 '한 폭의 그림' 같은 풍경이었다.

고운 풍경으로 기분 전환을 한 뒤 다시 의욕적으로 걷기 시작했지만 금방 걸음이 느려졌다. 날이 유난히 좋아 찬란한 봄을 한껏 만끽하고 싶었기 때문이다. 이날은 전체 카미노 일정 중 가장 느긋하게 걸었다. 길가에서 발견할 수 있는 모든 봄의 소식을 아주 천천히 음미하면서.

와인으로 유명한 카카벨로스Cacabelos에 가까워질 즈음, 황톳빛 흙 위에 가지런히 늘어선 거친 느낌의 포도나무 과수원 풍경이 펼쳐졌다. ㄱ자로 가지치기를 한 포도나무, T자 모양의 포도

나무, 그리고 가지치기를 미처 못했는지 흩날리는 머리카락처럼 산만하게 뻗어나온 포도나무까지. 포도밭 풍경을 구경하는 재미가 쏠쏠했다.

봄을 맞아 피어난 들꽃을, 흘러가는 구름을, 새들을 벗삼아 한참을 걸었다. 하지만 그 길에는 손바닥만 한 그늘도 없었고, 해가 내리쬐는 길이 언제 끝날지도 모르는 상황이라 걷는 것이 점차 힘들어졌다. 결국 최후의 수단인 음악을 듣기로 했다. 따스한 날씨, 한가로운 길의 느낌과 딱 어울리는 루시드 폴의 〈오, 사랑〉을 들었다.

고요하게 어둠이 찾아오는
이 가을 끝에 봄의 첫날을 꿈꾸네
만 리 너머 멀리 있는 그대가 볼 수 없어도
나는 꽃밭을 일구네

광활한 포도밭 사잇길을 혼자 걷고 또 걸으며 음악을 들으니, '가을의 끝에 봄의 첫날을 꿈꾸는' 이가 느꼈을 법한 그리움, '볼 수 없는 사람을 그리워하며 꽃밭을 일구는 사람의 마음'을 왠지 알 것만 같았다. 그렇게 가사를 음미하며 걷다 보니 지치기 전에 카카벨로스에 도착할 수 있었다.

38

어쩐지 나는 행운아 같아

PONFERRADA ▶ CACABELOS

폰페라다에서 카카벨로스까지의 거리는 약 17킬로미터. 거리상으로는 긴 거리가 아니었는데 전날의 거칠었던 여정으로 오후 4시쯤 카카벨로스 초입에 도착했을 땐 에너지가 거의 방전된 상태였다. 기운도 없고 더 걷기도 애매한 시각이라 카카벨로스에서 묵어가기로 했다.

생각보다 컨디션이 좋지 않아 '한 걸음도 더 떼고 싶지 않다'는 생각이 계속 머릿속에 맴돌았다. 느릿느릿 마을을 가로질러 마을 끝자락에 있는 알베르게를 찾아갔지만 문은 굳게 닫혀 있었다. 되도록 공립 숙소에서 머물고 싶었으나, 너무 지친 나머지 사설 호스텔이라도 찾아야겠다는 마음이 간절해졌다. 하는 수 없이 다시 배낭을 메고 지나쳐 온 마을로 되돌아갔다.

골목에 즐비한 여러 음식점 야외 테이블에서는 사람들이 오후의 햇살을 받으며 식사를 즐기고 있었다. 그들 사이를 터덜터덜 걷고 있을 때, 내 이름을 부르는 소리가 들려왔다. 루디였다. 여유롭게 맥주를 마시며 바 앞의 테이블에 앉아 광합성을 하다가 나를 발견한 것이다. 나는 그의 맞은편 좌석에 아무렇게나 털썩 주저앉아 숨을 고르고 사정을 설명했다. 더 걸어갈 힘이 남지 않았는데, 공립 알베르게는 문을 닫았고 사설 숙박 시설에라도 머물러야겠다고 말이다.

사정을 들은 루디는 자신이 머물고 있는 호스텔이 꽤 좋다며 내게 그곳을 추천했다. 루디는 공립 알베르게와 사설 호스텔을 번갈아 묵고 있었는데, 그가 카카벨로스에 예약해둔 호스텔은 공립만 다니던 내게 꽤나 좋은 시설이었다. 루디 아저씨가 1인실을 권했지만, 나는 4인실을 쓰겠다고 말했다. 길을 걸으며 세운 기본 원칙은 '공립 알베르게 이용하기', '두 발로 완주하기'였기 때문에 필요 이상의 사치를 선택하고 싶지 않았다.

적당한 휴식을 취한 뒤에 저녁을 먹으러 갔다. 숙소를 예약하기 전, 골목길의 바에서 만난 영국인 캐롤라인과 저녁 약속을 했기 때문에 그날 저녁 식사는 루디, 캐롤라인과 함께했다. 나는 산티아고 여행을 하며 꼭 먹고 싶었던 문어 요리인 '풀포Pulpo'를 시키고, 루디는 커다란 샐러드를, 캐롤라인은 포테이토칩을 골랐다. 와인 산지로 유명한 카카벨로스의 와인 또한 빼놓지 않았다.

캐롤라인은 변호사였는데 논리적으로 이야기하기를 좋아하는 스타일이었다. 나는 영국식 악센트를 사용하며 굉장히 빠르게 말을 쏟아내는 그녀의 이야기를 쫓아가느라 정신이 다 빠질 지경이었다. 그 모든 맛있는 메뉴와 와인의 맛을 제대로 느낄 수 없을 만큼 귀와 머리가 바쁜 저녁이었다. 루디는 되도록 내 말하기와 듣기 속도를 고려해줬는데, 캐롤라인은 상대의 말하기 수준을 맞춰줄 용의가 전혀 없는 것처럼 보였다. 빠르고 바쁜 일상이 지겨워 떠나온 산티아고에서도 그녀는 여전히 마음이 바빠 보였다.

문어를 먹는 일에 대해(채식을 선호하는 루디는 문어 요리에 경악했다), 지금 하는 일에 대해, 카미노 여행을 시작하게 된 이유에 대해 산발적으로 떠오르는 얘기를 하며 두 시간에 걸쳐 저녁을 먹었다. 흥미로웠지만 말 많고 마음이 바쁜 캐롤라인의 이야기에 너무 집중한 나머지 진이 다 빠졌다. 식사 후 숙소로 곧장 돌아와 휴식을 취했다.

4인실에 묵었지만 다행히 그날 밤 그 방에 머무는 이는 나 혼자였다. 넓고 쾌적한 방을 독차지했다. 침대의 머리 위에는 누운 채로 하늘을 바라볼 수 있도록 창이 나 있었다. 덕분에 창문으로 북두칠성이며 이름 모를 별과 별자리를 한참 구경하다가 잠들었다. 피곤에 찌든 상태였지만 하루를 돌아보니 문득 문어 요리와 하늘이 보이는 침실, 루시드 폴의 음악과 멋진 포도밭 풍경, 맛있는 와인 등, 특별한 하루를 경험한 나는 참 행운아라는 생각이 들었다.

39

고도 1,300미터의 산을 넘어

TRABADELO ▶ LINARES

　고도 600미터에 위치한 마을 트라바델로Trabadelo를 떠나 고도 1,300미터의 산 정상에 위치한 오세브레이로O'Cebreiro로 가는 날. 이틀째 루디와 동행하게 되었다. 시작점부터 절반 정도는 평지 구간이지만, 라스에레리아스Las Herrerias부터 약 7킬로미터 구간은 점차 가팔라지는 길을 올라야 하는, 고생이 예견되는 날이었다. 초여름이라 해도 믿기 어려울 만큼 뜨거운 햇살이 내리쬐고 있었다.

　높은 산길을 올라가는 동안 땀이 없기로 유명한(?) 나도 땀을 뻘뻘 흘렸다. 그런 고생이 짜증스러울 법했지만, 10킬로그램이 넘는 가방을 메고 내 두 다리로 산을 오르고 있다고 생각하니, 이 여행을 가능케 한 건강과 여유가 새삼 고마웠다.

점심시간이 가까울 무렵 루디와 나는 라구나데카스티야La Laguna de Castilla라는 산중 작은 마을의 식당에 들렀다. 뜨거운 날씨에도 불구하고 이미 그곳에는 정말 많은 사람들이 휴식을 취하고 있었다. 쾌적한 실내뿐 아니라 식당 앞 테이블과 공터에도 사람이 가득했고, 심지어는 타고 온 자전거를 세워 두고 그 옆에서 점심을 해결하는 이들도 있었다. 가파른 산길을 올라왔음에도 사람들의 표정은 하나같이 밝고 활기차 보였다.

햄버거와 샐러드, 클라라Clara(맥주에 레몬맛 음료를 섞은 일명 '레몬 맥주')와 차를 시키고, 햇살이 내리쬐는 테이블에 앉아 점심을 먹었다. 내가 앉은 자리 맞은편에는 동네 개들이 햇볕 아래 드러누워 낮잠을 자고 있었는데, 그 나른한 모습이 온통 활기로 가득한 사람들과 대조를 이뤘다.

점심을 먹으며 충분히 휴식을 취한 뒤에 오세브레이로의 정상을 넘기 위해 다시 가파른 길을 올라야 했다. 그야말로 경사진 오르막이었기에 모두들 걷는 일에만 집중하는 모습이었다. 고도가 높아질수록 길 위에는 아직 녹지 않은 눈이 그대로 남아 있었다. 곧 정상부의 너른 벌판을 새하얗게 뒤덮은 눈밭이 펼쳐졌다. 그 너른 벌판 한가운데에서 아이와 아빠가 커다란 눈사람을 사이에 두고 장난을 치고 있었다. 이런 산중에서도 한가롭고 일상적인 풍경을 볼 수 있다는 사실이 신기하게 느껴졌다.

얼마나 지났을까. 정상부를 넘어 계속 걸어가니 크고 깨끗한 공립 알베르게가 나타났다. 그날의 목표를 포이오 고개Alto do Poio로 잡았으나, 나는 이미 많은 순례자들이 짐을 풀고 있는 눈앞의 숙소에서 머물고 싶은 마음이 간절했다. 하지만 휴대폰으로 날씨를 확인한 루디가, 내일 눈이 온다는 예보가 있으니 지금 산을 넘어야 한다고 해서 짐을 풀 수 없었다.

내일 눈이 오든 비가 오든 당장 쉬고 싶은 마음이었는데, 아저씨가 부드러운 어조로 몇 차례나 나를 설득했기 때문에 어쩔 수 없이 좀더 걷기로 했다. 이미 마음이 길바닥에 주저앉은 상태라 3킬로미터 정도의 구간을 걷는 일조차 너무 힘들었다. 결국 바로 다음 마을인 리나레스Linares에 도착해 묵어가기로 했다.

리나레스의 사설 호스텔은 매우 깨끗했다. 루디와 나는 알베르게에서 아주 천천히 사라지는 노을을 바라보며 저녁을 먹었다. 우리 외에는 자매처럼 보이는 독일인 한 팀만이 머물고 있어 아주 조용한 시간을 보냈다.

저녁을 먹으며 아저씨와 좀더 개인적인 이야기를 나눌 수 있었다. 나는 번아웃을 경험했던 한국에서의 바쁜 일상에 대해 이야기했는데, 루디는 내게 해외에서 일해보는 것도 좋겠다고 말했다. 그가 보기에 나는 새로운 사람들을 잘 사귀고, 그들에게 호감을 사고, 서로 잘 모르는 사람들 사이에서 둘을 이어주는 능력이 있는 듯하니, 외국인과 한국인 사이에서 내가 할 수 있는 일이 있을 거라고 했다.

　그날 낮에는 친구로부터 산티아고에 도착했다는 문자를 받았다. 이 길 위에서 사귀고 마음을 나눈 친구 중 한 명이 목표로 했던 순례를 마치고, 내게 그 소식을 알려줬다는 사실이 기뻤다. 그리고 아저씨가 말해준 대로 '새로운 사람과의 교류'를 잘할 수 있는 소프트스킬이 정말 내게 있는 건 아닐까? 하는 생각이 들었다. 카미노가 끝나면 어떤 삶을 살아갈지 모르지만, 어쩐지 이 모든 일들이 카미노 이후의 내 삶을 든든히 받쳐줄 것만 같았다.

40

꽁꽁 언 몸과 마음에는 따뜻한 스프를

LINARES ▶ TRIACASTELA

리나레스에서 트리아카스텔라Triacastela로 가는 날은 하루 종일 비가 왔다. 부슬부슬 내리는 가랑비였지만, 눈이 녹지 않은 고지대의 안개 자욱한 길에서 비까지 맞으며 걷자니 추위로 죽을 맛이었다. 갈라시아 산맥이 있는 그곳은 날씨가 급변하고 비와 소나기, 뇌우, 산안개 등이 자주 낀다고 안내되어 있었다. 그 설명을 증명이라도 하듯, 전날 저녁 아름다운 석양을 뽐내던 화창한 날씨는 온데간데없이 사라지고, 비와 세찬 바람, 으슬으슬한 한기를 몰고 온 차가운 공기만이 주위를 가득 채우고 있었다.

변덕스러운 날씨로 인해 계속 추위를 느낀 탓에 얼마 걷지 않아 컨디션이 급격히 떨어졌다. 더불어 혼자서는 컨트롤하기 힘들 만큼 기분도 가라앉았다. 루디는 그런 나를 보며 "진, 네 웃음은 어디 갔니?" 하고 말을 걸어왔지만 억지로 입꼬리를 끌어올릴

뿐, 기분이 나아지지는 않았다. 되려 내 기분을 신경쓰는 그에게 미안한 마음이 들었다. '이제라도 따로 걷자고 말해야 하나?' 싶었는데, 루디도 그런 내 마음을 눈치챘는지 곧 거리를 두고 앞장서서 걷기 시작했다. 나는 그의 뒤를 따라 비 오는 내리막길을 천천히 걸어갔다.

그렇게 한참을 걸어 눈에 띄는 작은 식당에 들렀다. 그곳에는 안면이 있는 미국인 부부가 먼저 도착해 식사를 하고 있었다. 그들과의 인연은 아스트로가를 빠져나오던 길에 머플러를 주으면서였다. 머플러를 주워 손에 들고 걸었는데 그것을 다시 찾으려고 길을 되돌아온 아주머니를 만나 머플러를 돌려주었다. 그날 거듭 감사의 인사를 하는 그녀에게 "당신이 머플러를 잃어버려서 저는 좋은 일을 할 수 있었어요. 당신도 머플러를 찾아 기분이 좋아졌으니, 결과적으로 머플러를 잘 흘리고 가셨네요." 하고 말해주었다. 그 일을 계기로 서로에게 호감을 가지게 된 것이다.

나와 루디가 따뜻한 난로 옆 테이블에 자리를 잡았을 때, 막 떠날 준비를 하던 미국인 부부가 따뜻한 갈리시안 스프Galician Soup를 추천해주었다. 덕분에 나는 생각지도 못한 메뉴를 맛보게 되었다. 그 스프는 시래깃국과 비슷해 보였는데, 맛도 유사했다. 타지에서 맛본, 한국을 떠올리게 하는 스프의 맛은 꽁꽁 얼었던 몸뿐만 아니라 한껏 위축되었던 마음까지 녹여주었다.

스프를 다 먹은 뒤, 기분이 한껏 느슨해진 나는 그 상태를 좀더 누려보고자 커피를 한 잔 더 주문했다.

"세뇨라, 우나 데 아메리카노 포 파보르Señora, una de americano, por favor"라고, 루디에게 배워둔 스페인어를 활용해 커피 주문을 시도했다. 아저씨는 그런 내게 '아메리카노'라고 하면 '미국인 남자'를 달라는 말인 줄 알 거라면서, '카페 아메리카노café americano' 라고 주문을 정정해줬다. 카페 주인은 많은 분들이 그렇게 주문한다면서, 금방 아메리카노를 만들어주었다. 메뉴에도 없는 아메리카노였지만 물의 양을 딱 맞춘 맛있는 커피라, 한 모금 마시자마자 금방 기분이 좋아졌다. 나는 정말 기뻐서 '무초 델리시오소!Mucho delicioso!'(정말 맛있어요!)라 말하며 엄지를 치켜들었다.

여행을 시작한 뒤로 기회가 될 때면 스페인어를 조금씩 익히려고 늘 노력했다. 종종 작은 바에 들어가 주문이나 계산을 할 때 스페인어를 활용하려 했는데, 서툰 스페인어에도 대부분 참을성 있게 기다려주었다. 어떨 땐 흥미롭게 나를 바라보거나 단어를 정정해주기도 했다. 이렇게 현지인과 대화하는 시간들은 낯선 길과 사람들 사이에서 잔뜩 움츠렸던 마음의 주름을 펴게 했고, 다시 걸음을 내딛을 수 있는 활력을 불어넣어 주었다.

41

소음, 날씨, 관계의 삼중고

TRIACASTELA ▶ SARRIA

전날 밤은 끔찍한 소음 속에서 밤새 뒤척여야 했다. 크고 깨끗해서 좋았던 트리아카스텔라의 알베르게는 결정적인 단점을 가지고 있었다. 바로 방음이 안 된다는 사실이었다. 각 방의 방문은 서부 영화 속 식당 문처럼 바닥 아래쪽이 떠 있고, 손잡이 없이 그냥 밀고 나가는 형태였다. 덕분에 다른 방의 소리나 복도의 소리가 방까지 들려왔다.

샤워실도 마찬가지였다. 바로 붙어 있는 남자 샤워실에서 씻는 소리를 여자 샤워실에서 들어야 했다. (당연히 남자 샤워실에서도 여자 샤워실 소리를 들을 수 있었을 것이다.) 하지만 이 정도는 방에서 견뎌야 했던 소음에 비하면 약과였다.

그날은 어둠이 짙어질수록 더 많은 순례자들이 모여들었는데, 어쩐지 처음 보는 얼굴들이 많았다. 20~30대로 보이는 생

193

기있는 젊은이들이 많았다. '처음 보는 이 쌩쌩한 얼굴들은 누구지?' 하는 의문은 루디의 설명으로 풀렸다. 그들은 '세마나 산타 Semana Santa'라 불리는 성 주간Holy Week(고난 주간)을 맞아 산티아고로 짧은 순례를 하러 온 사람들이었다. 4월 1일이 부활절인데, 당일인 일요일에 산티아고데콤포스텔라에 도착하는 일정을 역으로 계산해 비교적 짧은 구간의 순례길을 걷는 스페인 현지인들이 대부분이었다.

부활절을 기념한다는 명분이 있었지만 생동감 넘치는 봄의 초입에, 7~10일간의 휴가를 받아 산티아고 순례길을 찾은 사람들에게는 이 짧은 순례가 흥겨운 여행과 같았을 것이다. 같은 기간에 스페인 전역에서도 축제가 열린다고 했다. 이 성 주간을 맞아 신이 난 여행자들은 늦은 밤까지 파티를 벌이며 맥주와 와인을 마셨다. 문제는 모두가 자야 하는 시간까지도 그들의 파티가 그칠 줄 몰랐다는 것이다.

이미 오랫동안 길을 걸어온 사람들에게는 단기 여행으로 순례길을 찾은 이들의 파티가 달가울 수 없었다. 이미 600킬로미터 이상을 걸었기 때문에 모두들 어느 정도 피로에 찌들어 있었다. 또한 낮에 소진한 에너지를 잠을 자며 보충해야 다음 날 또 걸을 수 있다는 것을 경험으로 배워둔 터였다. 나는 필사적으로 잠을 청했지만 그들이 만들어내는 파티의 소음은 나의 피곤을 뚫고 세차게 잠을 깨웠다.

캄캄한 밤, 이층 침대에 누워 이 소란스러운 무리들을 견디던 나는 결국 참지 못하고 침대에서 일어났다. 그리고 휴대폰 플래시를 켜 어두운 복도를 지나 라운지로 나갔다. 이미 흥이 오를 대로 오른 그들 중 몇몇이 절뚝이며 다가가는 나를 발견하고는 어서 오라는 듯 손짓했다. 술에 잔뜩 취한 사람들이 가득한 그곳에 다가가는 일이 좀 꺼려졌으나, 큰맘 먹고 "너무 시끄러우니, 좀 조용히 해줘. 생장에서부터 걸어온 우리는 지금 휴식이 너무 간절해." 하고 말했다.

내심 술 취한 누군가가 '네가 뭔데!' 하며 거칠게 나오지 않을까 걱정했는데, 다행히 그런 불상사는 일어나지 않았다. 대신 내 말을 들은 몇몇 사람들이 멋쩍게 웃으며 미안하다고 했다. 하지만 효과는 채 몇 분을 가지 못했다. 이미 술에 잔뜩 취한 이들에게 내 항의가 먹힐 리 없었다. 결국 그날 밤은 베개로 귀를 틀어막고 뒤척이다가, 파티가 끝난 후에야 겨우 잠들 수 있었다.

다음날 아침엔 컨디션이 바닥을 쳤다. 잠을 못 잔 탓에 입안이 깔깔했지만 루디가 간단히 조식을 먹자고 해서 근처 식당을 찾았다. 그리고 그곳에서 전날 숙소에서 잠깐 인사를 나눈 한국인 청년 지훈을 다시 만났다. 셋이 함께 식사를 마치고 길 위에

올랐을 때, 루디는 조금 빠르게 걸어보겠다며 앞서 출발했다. 자연히 나와 지훈이 남겨졌다. 이날도 두 가지 길의 선택지가 놓여 있었다. 하나는 산실San Xil을 경유하는 루트로 6.6킬로미터가 짧지만 아스팔트 길이 많은 더 가파른 루트였고, 다른 하나는 사모스Sanmos를 경유하는 루트로 강을 끼고 걷는 숲 길이었다.

지훈이 내게 어떤 길로 갈 거냐고 물었다. 나는 당연히 숲이 있는 사모스 길을 택했다. 먹구름이 잔뜩 낀 하늘에서는 어느새 제법 굵은 빗방울이 떨어지고 있었다. 하지만 비 때문에 경로를 바꿀 마음은 없었다. 지훈은 자신은 대부분 현대식 센다로 걸어 왔다며 산실을 경유하는 길로 가고 싶은 눈치였으나, 결국 나와 함께 산길로 가겠다고 결정했다.

산길은 얼마 가지 않아 걷기 까다로운 길임이 드러났다. 비가 쏟아져 발밑은 진흙으로 질척거렸고, 중간중간 깊이 파인 웅덩이가 있어 껑충껑충 웅덩이를 뛰어넘어야 할 때도 많았다. 그럼에도 숲길을 선택한 것을 후회하지 않은 이유는, 비로 인해 숲속의 공기가 더 맑아지고 초록의 색도 더 선명해지는 모습을 보는 기쁨이 컸기 때문이다.

두 길이 다시 만나는 아기아다Aguiada 부근에 도착할 즈음 천천히 날이 갰다. 비가 그치니 걷기도 한결 수월해져 나는 다시 지훈과 소소한 이야기를 나누며 목적지인 사리아Sarria까지 갔다. 사리아로 가는 길목에서 루디를 다시 만나게 되어 우리 셋은 같은 숙소에 묵게 되었다.

독일어가 모국어인 루디는 영어로만 소통이 가능해 나는 중간에서 일일이 통역을 했다. 숙소를 구하고, 식사를 하는 내내 지훈과 루디, 둘 사이에서 통역을 하다 보니 피로도가 높아졌다. 루디는 내게 "진, 지훈의 말을 내게 통역해줄 필요는 없어."라고 말했지만, 나는 고작 세 사람이 함께하면서 누구 하나가 소외되기를 바라지 않았다. 그렇지만 한편으론 나와의 대화를 위해 홀로 산티아고 순례길로 떠나왔는데, 나는 왜 자꾸만 사람들을 사귀고 이들을 신경 쓰고 있나? 하는 회의감이 들었다.

안락할 것이라 기대했던 숙소도, 믿었던 3월의 날씨도, 든든히 옆을 지켜주던 길동무도 힘이 되지 않았던, 아니 그 때문에 꽤나 피곤했던 하루가 그렇게 저물고 있었다.

사리아의 알베르게 주변을 자유롭게 활보하는 오리!
우리 일행을 보곤 꽥 소리를 지르며 공격적으로 달려드는
오리들 덕분에 진땀 꽤나 흘렸다.
아, 정말 스페인은 동물 친화적인 곳이었다.

42

순례 여행도 '장비빨'?

SARRIA ▶ MERCADOIRO

사리아를 빠져나온 날은 부활절을 하루 앞둔 일요일이었다.
하늘엔 먹구름이 잔뜩 껴 있었다. 그런 하늘을 보니 빗속을 걸으
며 싸구려 우비 속 상의가 축축하게 젖어 추위에 떨었던 기억이
되살아났다. 결국 사리아를 떠나기 전 새로운 우비를 사기로 했다.

가는 날이 장날이라 했던가. 주말에 부활절 주간까지 겹친
그날은 많은 상점들이 장사를 쉰다고 했다. 하지만 며칠을 빗속
에서 시달린 기억이 생생했기에 포기할 수 없었다. 나는 작은 식
료품점에 들러 요깃거리를 사고, 주인장에게 문을 열었을 만한
스포츠 용품점에 관해 물었다. 그는 사리아를 빠져나가는 길목
에 위치한 가게가 문을 열었을 것이라고 알려주었다.

찾아간 매장 내에는 아웃도어 스포츠를 위한 다양한 제품
이 빼곡하게 진열되어 있었다. 쇼핑에 오랜 시간을 쓰고 싶지 않
았던 나는 다급한 마음으로 의류를 걸어놓은 곳으로 직진해 들

어갔다. 산티아고까지는 약 118킬로미터 정도가 남았기 때문에, 그 기간 동안 쓰고 버릴 수 있는 적당한 품질의 저렴한 제품을 구매하기로 마음먹었다.

기존에 가지고 있던 판초형의 얇은 우비보다 좀더 강한 재질의 상품을 찾아 살펴보고 있을 때였다. 나를 가만히 지켜보던 루디가 판초형 우비는 내 덩치보다 커서 바람이 불면 팔락거리고 옷 사이로 비가 들어갈 수 있으니, 몸에 딱 맞는 방수 점퍼를 구매하는 건 어떠냐고 제안했다. 마침 살펴보던 우비들이 내가 한국에서 가져온 저렴한 판초와 크게 다르지 않아 고민하던 차라, 나는 애초의 계획을 수정해 그의 제안을 받아들이기로 했다.

그는 가까운 곳에서 우리를 지켜보던 사장과 스페인어로 본격적인 대화를 시작했다. 대화 중간중간 사장이 옷걸이 사이에서 점퍼 몇 벌을 선별해 보여주었다. 그중 내 마음에 드는 옷을 찾아 입어보면서 고민에 빠졌다. 사실 디자인도 그렇지만 사장님이 권한 옷은 내 예산을 초과하는 가격이었다. 그 옷은 방수로 유명한 고어텍스 소재의 재킷이었다. 산티아고 여행이 끝나면 유럽 여행을 이어할 예정이었기에 나는 필요 없는 지출을 최대한 줄여야 했다. 그래서 쉽게 결정하지 못하고 있었다.

머릿속으로 '꼭 사야 할까?' 고민하며, 가장 잘 어울린다고 생각했던 옷을 여기저기 살펴볼 때였다. 한참 나를 쳐다보던 루디가 그 옷이 괜찮냐고 묻더니, 계산대로 다가가 "그 옷은 내가 선물할게." 하며 결제를 해버렸다. 점퍼는 200유로 가까운 가격으로, 한국 돈으로 20만 원이 훌쩍 넘는 돈이었다.

영수증이 주르륵 뽑혀 나오는 가운데 루디를 쫓아가 몇 번이나 돈을 주겠다고 했지만, 결국 루디가 지불하고 말았다. 제법 편해졌다고는 해도 만난 지 얼마 안 된 길동무일 뿐인데, 비싼 옷을 선물 받는 일은 굉장히 부담스럽게 느껴졌다.

나중에 들은 이야기지만, 루디는 며칠 함께 걸으며 대화를 하는 동안 좋은 인연을 만났다고 생각했고, 점퍼를 고르는 나를 보며 연령대가 비슷한 그의 딸 생각이 나서 선물하고 싶었다고 했다. 결국 나는 틈을 봐 루디에게 필요한 선물을 해야겠다고 결심하며, 감사히 선물을 받았다.

점퍼 쇼핑이 끝나고 사리아를 빠져나올 즈음에는 폭우가 쏟아지기 시작했다. 천둥번개를 동반한 비였고, 그간 왔던 비 중에서도 손에 꼽을 수 있는 세찬 비였다. 덕분에 전날 잘 말려 두었던 신발과 바지 아랫단이 빠르게 젖어버렸다. 하지만 나는 이전처럼 비를 원망하지 않았다. 새로 산 방수 점퍼로 보송함이 유지되었기 때문이다. 역시 등산은 장비빨이라더니! 우여곡절 끝에 내게 온 고어텍스 바람막이는 그렇게 성능 테스트를 훌륭히 마치며, 더 큰 비를 만나기 전의 예행연습을 훌륭히 해내고 있었다.

-43-

함께 고난을 겪어내는 노하우

SARRIA ▶ MERCADOIRO

사리아에서 포르토마린Portomarín까지 가는 길은 대부분 숲
길이었다. 며칠째 비가 오고 그치길 반복해 바닥에는 군데군데
웅덩이가 패여 있었고, 비는 때때로 눈이 되어 흩날리기도 했다.

진흙과 얼음 때문에 길이 제법 미끄러웠는데, 무거운 배낭
을 메고 미끄러운 길을 걸으니 발이 자꾸 삐끗거렸다. 균형을 잡
기 위해 팔을 양옆으로 벌리고, 큰 바위를 노려 겅중겅중 뛰어다
녔다. 깊은 진흙탕을 피하려 부단히 애를 썼지만 그럼에도 한두
번은 꼭 발이 미끄러져 신발이 엉망이 되었다. 나는 자꾸만 바보
개구리가 된 기분이 들었는데, 뛰는 모양이 스스로 우습기도 하
면서 한편으로는 그 누구도 의식하지 않고 제멋대로 뛰어다니는
일이 자유롭게 느껴졌다.

비가 많이 쏟아질 땐 3D 영상처럼 굵은 빗방울이 사선으로
떨어져 얼굴을 강타했다. 때문에 주로 바닥을 보며 걸었다. 때때

로 빗발이 약해지거나 그쳤을 땐, 더욱 짙어진 초록을 음미했다. 작은 오솔길의 한쪽 면에는 촉촉하게 물기를 머금은 보송보송한 이끼가 잔뜩 낀 돌담이 이어졌고, 반대편에는 사방으로 잔가지를 뻗어낸 생명력 넘치는 나무들이 우뚝우뚝 자라 있었다.

작은 마을에서는 종종 길고양이나 강아지들과 마주쳤다. 비를 맞으면서도 길바닥 한복판에 느긋하게 앉아 있던 강아지는 '저 사람들은 이 비에 뭘 하는 거지?' 하고 생각하는 듯, 뚱한 표정으로 우리를 바라봤다. 좀 더 걸어가니 비바람 속의 풀밭에서 풀을 뜯는 소 떼도 보였다. 소들 역시 지나가는 행인은 아랑곳하지 않고 평온하게 풀을 뜯었다. 세찬 비도 소에게는 아무렇지 않아 보였다. 깊이 패인 웅덩이와 진흙 바닥을 최대한 피하기 위해 온 힘을 다하는 나와 달리, 느릿하게 움직이는 동물들은 자연의 일부였다.

새로운 옷이 크게 활약했지만 추위는 어김없이 찾아왔다. 추위와 배고픔으로 영혼이 탈탈 털린 것 같은 기분이 들었을 때, 다행히 눈앞에 작은 식당이 나타났다. 페나Pena 근처의 식당이었다. 흙벽으로 지어진 낡은 건물로 들어가니, 손님 없이 텅 빈 공간에 장작 난로만 타닥타닥 소리를 내며 타고 있었다. 흠뻑 젖은 몰골로 물을 뚝뚝 떨어뜨리는 여행자였지만, 주인이 흔쾌히 들어오라고 허락해줬다.

카미노에서 만나는 주민들은 언제나 순례자의 사정을 최대한 봐주었다. 양해를 구한 뒤 젖은 발을 신발에서 겨우 꺼내 양말을 벗고, 신발에 고인 물을 털어냈다. 새로 장작을 보충한 난롯가로 다가가니, 통통 불은 맨발과 바짓단에서 김이 모락모락 올라왔다. 몰골이 워낙 볼품없어서 왠지 내가 물에 불린 반건조 오징어가 된 기분이었다. 옷을 적당히 정리한 뒤에 커피와 간단한 요깃거리를 먹고, 가벼운 농담을 하며 걸어온 길에 대해 이야기를 나눴다.

"진, 군대식 트릭을 써보는 건 어때?"

루디는 다시 길에 나서기 전, 내게 양말 위에 비닐 봉지를 씌우고 신발을 신어보라고 제안했다. 갈아 신은 양말이 비에 젖은 신발 때문에 다시 젖어 또 발이 시릴 것을 염려해서였다.

급한 대로 가방에 넣어두었던 여분의 봉지를 꺼내 발에 씌우고 다시 신발을 신었다. 신발 밖으로 검정 비닐봉지가 삐져나온 내 발을 보며 루디가 놀리듯 웃었고, 나도 어쩐지 우습게 느껴져 따라 웃었다. 덕분에 기운이 조금 회복되는 듯했다. (물론 이 방법은 얼마 안 가 '실패'한 아이디어로 판명되었다. 물을 머금은 등산화는 꽤 무거운데, 비닐봉지로 인해 신발 속에서 발이 헛돌아 발목에 더 큰 무리가 갔기 때문이다.)

생각해보니 루디 아저씨와 본격적으로 함께 걷게 된 것은

갈라시아 지방의 변덕스러운 날씨로 고생할 무렵부터였다. 그와 함께 걷는 며칠 동안 서로 배려하며 잘 걸어왔다는 생각이 들었다. 우리는 힘든 상황에 대해 불평하기보다는 매번, 어떻게 하면 눈앞의 어려움을 이겨낼까에 초점을 뒀다. 내게 문제가 생기면 그는 슬그머니 재미있는 얘기를 꺼내거나, 문제의 해결책이 될 만한 제안을 해주었다. 걷는 일이 지루해질 때면 질문하고 말하기를 좋아하는 내가 나서서 이런저런 에피소드를 풀며 즐거운 분위기를 만들었다.

산티아고에서는 종종 일상을 잘 살 수 있는 노하우를 배운다는 느낌을 받았는데, 루디와 함께 걷던 날들도 그랬다. 누군가와 함께 어울려 살아가야 한다면 그게 동료이든, 친구든, 가족이든 서로 해줄 수 있는 일을 기꺼이 하고, 되도록 긍정적인 마음으로 함께 나아가면 꽤 괜찮은 시간들로 삶을 채울 수 있을 거라는 생각이 들었다.

까미노에서 만났던 개들은
대부분 자유롭고, 느긋해 보였다.
우리를 향해 짖지는 않았지만,
친하게 다가오려고도 하지 않았다.

44

계획 대로 되는 일은 없지만

MERCADOIRO

"산티아고에 아내와 함께 올 생각은 없어요?"

"아뇨!"

메르카도이로Mercadoiro에서 저녁을 먹으며 던졌던 질문에, 두 남자가 동시에 '노!'라고 외쳤다. 나중에 연인이 생기면 산티아고를 다시 걷고 싶다고 한 말 끝에 던진 질문이었다. 두 사람에게, 애처가처럼 보이는데 왜 혼자 왔냐고 물었다. 그들은 아내나 딸과 오면 그건 머슴살이나 다름없다며, "함께 걷다가 아내가 배낭이 무겁다고 하면 내가 배낭을 앞뒤로 메야 할 것이고, 딸이 발바닥에 물집이 생겼다고 하면 업어줘야 할걸?" 하며 껄껄 웃었다. 그러면서 말을 이었다.

"물론, 아내와 딸을 사랑하지. 하지만 이건 다른 문제야. 그러니 다음에도 또 혼자 올 거야."

사실 산티아고는 자신만의 고민거리를 갖고 질문에 답을 구하며 걷는 사람들이 많으니, 그분들의 마음도 한편으로 이해가 되었다.

이날은 사리아에서 출발하여 포르토마린까지 22.9킬로미터를 걸을 생각이었으나 날씨와 컨디션 난조로 목표 지점을 수정했다. 결국 계획보다 4킬로미터 짧은 구간에서 멈췄다. 책자에 마을의 공식 인구 수가 단 한 명이라고 적혀 있던 메르카도이로에 멈춰, 그곳에 있는 사설 호스텔에 머물렀다.

고풍스럽게 보이는 숙소의 외관은 아름다웠지만, 내부 시설은 다소 열악했다. 8인이 묵을 수 있는 침실에 1인용으로 보이는 작은 히터 하나만이 덩그러니 놓여 있었고, 한쪽 벽에선 비가 새어 바닥에 양동이가 놓여 있었다. 하지만 더 걷느니, 난방이 되지 않는 숙소에라도 묵고 싶었기에, 어떠냐고 묻는 루디에게 괜찮다고 답했다.

그렇게 우연히 머물게 된 숙소에서 저녁엔 제법 재미난 구경을 했다. 먼저 도착해서 쉬고 있던 크리스티안과 함께한 식사 자리에서였다. 숙소의 주인장은 매우 친절했다. 음식도 꽤나 맛있어서 우리는 와인을 곁들여 천천히 오래 식사를 했는데, 테이블에서 이야기꽃이 피었다. 알고 보니 크리스티안은 루디와 비슷한 연배로, 둘의 젊은 시절 취미가 같았다.

그들은 열렬한 오토바이 마니아였다. BMW며 할리데이비슨

이며, 듣도 보도 못한 오토바이에 대한 대화가 시작되었는데, 나는 거의 한 시간 동안 그들의 이야기를 듣고만 있었다. 바이크 여행의 성지며, 흥미진진한 모험이며, 어떤 브랜드의 어떤 기종을 좋아하는지, 아내가 바이크 타는 걸 얼마나 싫어하는지 등, 바이크와 관련된 온갖 주제로 신나게 이야기를 나눴다. 생각해보니 젊은 나도 걷기 힘든 산티아고 길을 오십 대의 나이에 걷고 있으니, 그들의 젊은 시절은 보다 모험가적 기질이 충만했겠구나 싶었다.

산티아고에서는 계획이 틀어져도 늘 결론이 좋았다. 기력이 다 떨어져 터덜터덜 들어갔던 호스텔에서도 결국은 이렇게 꽤 좋은 시간이 나를 기다리고 있었으니 말이다. 계획이 없어도 인생에는 늘 좋은 일이 일어난다. 어쩐지 순례길은 자꾸만 내게 그렇게 이야기하는 것만 같았다.

45

산티아고가 바로 코앞에 있는데!

SALCEDA ▶ MONTE DO GOZO

산티아고 입성 전, 마지막 며칠은 어떻게 지나갔는지 모르겠다. 메르카도이로에서 출발하던 날부터 본격적으로 왼쪽 다리가 심하게 아파왔고, 약 100킬로미터 거리에 있는 산티아고에 도착하는 날까지 통증이 계속되었다. 덕분에 흐린 날이나 맑은 날이나 걷는 일이 전보다 더 고생스러웠다. 멜리데Melide에서 살세다 Salceda까지 24킬로미터 구간에서는 배낭을 다음 알베르게까지 옮겨주는 '동키 서비스'를 이용했다. 3일째 통증이 계속되었기 때문에 하루를 온전히 쉬어야 할지, 짐을 맡겨서라도 이동을 해야 할지 고민하다가 내린 결정이었다.

순례를 시작한 지 34일째 되는 날이었다. 무거운 가방이 사라지니 걷는 일이 한결 수월했고, 맨몸으로 오솔길을 걸을 때는 마치 산책하는 것 같았다. 하지만 처음 한 시간 정도만 홀가분한 마음이 들었을 뿐, 한 달 이상 동고동락했던 가방이 없다는 사실에 갈수록 마음이 편치 않았다. 다음에 이 길을 다시 걷는다면, 그때는 하루를 쉬더라도 가방과 떨어지지 말아야겠다고 생각했다.

살세다에서 산티아고데콤포스텔라까지 28.3킬로미터를 걷기로 목표를 세웠던 날 심한 비를 만났다. 높이 솟은 유칼립투스 나무가 빼곡한 숲을 지나 고소 산Monte del Gozo으로 오르는 길이었다. 일기예보는 2.9밀리미터 정도의 강우량을 예상했지만, 카미노에서의 여정을 통틀어 가장 최악의 비바람이 몰아쳤다.

하늘에 구멍이 뚫린 듯한 비와, 정수리와 어깨를 때려대는 우박, 거기에 천둥과 번개까지 동반했다. 고소 산 정상으로 가는 오르막길에서 만난 비라, 그 번쩍대는 번개에 내 등산 스틱이 피뢰침 역할을 해 번개를 맞지는 않을까? 하는 걱정까지 더해졌다. 비가 본격적으로 쏟아진 후 채 몇 분도 지나지 않아, 방수 점퍼 아래 무방비로 노출된 종아리와 신발이 모두 흥건히 젖었다. 나와 루디는 바람을 피해 주차된 트럭 뒤에 몸을 숨기고 있던 두 명의 순례자를 발견했고, 곧 네 사람이 서로를 붙잡고 강한 맞바람에 맞서 고소 산에 위치한 알베르게로 몸을 피했다.

맑게 갠 날에는 고소 산에서 산티아고 대성당의 탑을 볼 수 있다고 했다. 우리의 목적지가 그만큼 지척에 있다는 말이었다. 그런 곳에서 이런 비바람을 만나다니! 저녁이면 산티아고에 도착

할 수 있다는 믿음과 기대감으로 다리를 절뚝이면서도 20킬로미터를 걸었는데…. 나는 짧고 굵게 쏟아진 비에 사기를 잃고, 결국 고소 산의 알베르게에 주저앉았다. 그리고 루디는 다리 통증을 호소하는 나를 걱정해 함께 알베르게에 남아주었다.

그런 내 결정을 비웃듯, 알베르게에 체크인을 마친 뒤 하늘이 점차 맑아졌다. 내 결정으로 루디의 도착 일정까지 미뤄진 것이 마음에 쓰였다. 그런 내 마음을 알았는지 루디가 "내가 카미노에서 늘 늦게 일어나서 벌을 받았나봐."라며 우스갯소리를 했다.

46

안녕 나의 친구들! 모두 '부엔 카미노'

MONTE DO GOZO ▶ SANTIAGO DE COMPOSTELA

대망의 마지막 날.

아침부터 하늘에 구름이 낮게 깔려 어둑했다. 산티아고 도심으로 접어드는 마지막 4.6킬로미터 구간은 부르고스나 레온 등 다른 큰 도시의 외곽이 그러했듯, 다소 삭막한 느낌을 주는 아스팔트 길이었다. 목적지가 바로 코앞에 있었으나 설렘이나 기대감 같은 것이 전혀 느껴지지 않았다. 나는 지난 35일간 길을 걸었던 것처럼, 남은 길을 그저 묵묵히 걸어 산티아고 대성당 앞의 오브라도이로 광장Praza do Obradoiro에 도착했다. 꽤 많은 순례객들이 여기저기 가방을 내려놓고 휴식을 취하거나 사진을 찍고 있었다.

나도 간단히 기념사진을 찍고 순례자 오피스에 들러 순례증서를 받았다. 그런 후에는 사람들에게 추천받은 사설 호스텔

215

로 가서 짐을 풀었다. 이후에는 잠시 성당에 들러 미사를 참관하고 곧 루디와 작별 인사를 나눴다. 루디는 산티아고에서 기다리고 있는 아내를 만나 좀더 여행하고 독일로 돌아간다고 했다.

루디와 헤어진 뒤, 기념품점에 들러 조가비 모양의 작은 펜던트가 달린 팔찌와 루디에게 줄 선물도 하나 구입했다. 저녁에는 한국 순례자들과 함께 식사를 한 뒤 숙소로 돌아가, 창밖으로 보이는 산티아고 대성당을 바라보며 잠이 들었다.

다음날 아침, 간단한 조식을 먹은 뒤 새 청바지와 티셔츠, 운동화를 신은 가벼운 차림으로 광장으로 나갔다. 본격적인 유럽 여행이 시작되기 전, 산티아고 시내를 하루 더 둘러볼 계획이었다. 그러다가 오브라도이로 광장에서 우연히 한스를 만났다. 오스피탈데오르비고를 끝으로 한동안 만나지 못했던 그를 만나니 굉장히 반가운 마음이 들었다. 오랜만에 얼굴을 마주한 우리는 크게 한번 포옹하고 안부를 주고받았다. 그렇게 한참 서서 대화를 나누던 중, 한스가 내게 물었다.

"너도 카미노 이후에 마음이 가라앉는 기분이 드니?"

그는 다른 친구들도 다들 완주 후 짧은 환희와 그보다 조금 더 길고 희미한 우울을 느끼고 있다고 했다. 길 위의 모든 순간이, 땀과 눈물, 웃음과 기쁨이 뒤섞여 있던 그 모든 날들이 좋았으므로, 나와 친구들은 그 짧고도 굵은 행복이 끝났다는 사실에 적응하려 애쓰고 있었던 것이다. 나는 싱긋 웃으며 나도 그랬다고, 돌아보니 도착한 지금보다 길을 걸어왔던 그 모든 시간들이 정말 좋았다고 그에게 말했다.

그가 마지막으로 내게 "진, 이제부터 진짜 너의 카미노가 시작되는 거야!"라고 말하며, 내 첫 산티아고 여정에서의 마지막 '부엔 카미노'를 외쳐주었다. 이제 만날 기약이 없는 이 밝은 덴마크 청년에게 진심으로 행복한 나날들이 펼쳐지길 바라며 나도 "부엔 카미노!" 하고 외치며 손을 흔들었다.

약 800km의 순례길은 서울과 부산을 왕복하는
거리보다 더 길다고 한다. 길을 걸으며 종종
'이게 뭐 하는 짓이지?' 하고 후회하기도 했지만,
'이 경험에 대한 피드백은 다 걸은 뒤에 찾아올
것'이라 생각하며 매일 성실하게 걸었다.

산티아고 순례,
그 후의 이야기

여행을 끝내고 한국으로 돌아왔을 때, 나는 친구에게 그 무엇도 비우지 못하고 오히려 욕심을 채워 돌아왔다고 말했다. 언제라도 다시 순례길로 떠날 수 있는 물질적으로나 정신적으로나 여유를 가진 사람이 되겠다는 욕심, 또 건강 관리를 잘해서 나이 들어서도 순례길을 걷고 싶다는 욕심, 멋진 어른이 되겠다는 욕심 등을 설명하면서 나는 환하게 웃었다.

"You have your own Camino.(당신에게는 당신만의 순례길이 있다.)"

길을 걸으며 내가 자주 되뇌던 문장이다. 길 위에는 나보다 체력이 좋아 나를 쉽게 앞질러 가는 사람들도 있었고, 내게 함께 걷자고 권한 사람들도 있었다. 심지어는 호감 가는 사람이 생겨, 그의 여정을 따라가고 싶다고 생각하기도 했다. 하지만 그럴 때마다 나는 이 말을 되새겼다. '모든 사람은 자기만의 카미노가 있다.'고 말이다. 그리고 내게 맞는 속도인지, 내가 경험하고 싶은 길인지, 내가 함께하길 바라는 사람인지에 대해 곰곰이 생각해본 뒤 행동하려 애썼다.

일상으로 복귀해 바쁜 하루하루를 보내며 '나 자신의 카미노를 걷는 일', 즉 '나다운 삶을 사는 일'이 얼마나 어려운가를 실감한다. 세상이 일반적이라고 말하는 기준들이 여전히 나를 옭아매고, 때로는 '지금 내가 하는 이 일이 진짜 내가 바라는 것인가?' 의심의 마음도 일어난다. 내 고집을 꺾고 타인이 권유한 일을 하다가, '그럼 이건 내 선택이 아닌 걸까?' 싶은 마음도 들고, 나보다 더 잘 사는 듯 보이는 타인을 보면, '내가 잘 살고 있는 건가?' 하는 비교의 마음도 든다. 그럴 때 '모두에게는 각자의 카미노가 있다'라는 말을 조용히 되뇐다. 나 자신을 믿고, 내가 원하는 속도, 방향, 삶을 견지하는 '나만의 삶을 살자'고 생각한다.

한편, 삶은 결국 '과정'이라는 사실도 잊지 않으려 노력한다. 단 아저씨가 말해준 것처럼 순례길이 '인생'이고 산티아고데콤포스텔라가 '삶의 종착지'라면, 나는 내 삶이라는 길을 걸으며 수많은 문제를 만나고 고군분투할 것이다. 하지만 이 피할 수 없는 고군분투의 과정이 목표 지점에 도착해서 느끼는 짧은 환희보다

실은 더 많은 기쁨과 보람을 준다는 사실을 이제는 안다.

살다가 지쳤을 때, 그 길이 몹시 그리울 때, 나 자신을 다시 도전의 길에 올려놓고 싶을 때, 나는 산티아고 순례길로 향할 것이다. 언젠가 다시 그 길 위에 서게 된다면, 처음 찾았을 때보다는 좀더 성숙해진 내가 되어 그 길을 걷기 바란다. 그러기 위해 서툴지만 매일 '나다운 선택'을 하며, 삶의 매 순간에 충실하게 살아야겠다고 다짐한다.

산티아고 순례길을 다녀온 이야기를 글로 쓰기로 결심했을 때, '이미 순례길 여행기가 많은데 의미가 있을까?' 하고 망설였다. 하지만 모두 자신만의 카미노Own way가 있다면, 나는 내가 다녀온 나만의 카미노 이야기를 하면 된다는 데 생각이 닿았다. 그리고 내 이야기가 누군가에게 어떤 의미로든 도움이 된다면, 그걸로 좋다고 생각했다.

나의 서툰 여행기를 읽어준 당신에게
진심을 담아 감사의 인사를 전하며,

오늘도 Buen Camino!

까미노에서 내가 짊어진 가방의 무게는 약 10킬로그램.

계속 걷다 보면 그 무게에 적응하기도 하지만,

한편으로는 종이 한 장의 무게라도 더 덜어내고 싶었다.

순례를 완주할 수 있도록 돕는 것도 이 물건들이지만,

그 무게 때문에 자칫 포기를 생각하기도 했다.

그러니 짐을 쌀 때는 신중할 것.